당신은 괜찮은 부모입니다

당신은 괜찮은 부모입니다

아흔을 앞둔 노학자가
미처 하지 못했던 이야기들

이근후 지음

다산
북스

저도 부모 노릇
쉽다고 말할 수 없습니다만

내 삶은 이제 얼마 남지 않았습니다. 피할 수 없는 현실입니다. 새벽에 일찍 눈이 떠지면 지난 일들이 주마등처럼 흘러갑니다. '나는 잘 살았는가?' 하고 자문하면, 그런대로 잘 살았다고 자답합니다. 나는 전쟁과 가난, 전통적 구습이 남아있는 근현대를 건너왔습니다. 다행히 교육열 높은 부모님과 여러 행운으로, 시대적 혼란에도 불구하고 의대에 입학해 의사가 되었습니다.

나에게 '의사'라는 직업은 생계 수단이기도 했으나, 어떤 직업보다 더 선한 영향력을 사람들에게 줄 수 있는 귀한 기회였습니다. 정신과는 마음을 돌본다는 점에서 그런 기회가 조금 더 많은 듯합니다. 되도록 환자 편에서 최선의 치료를 하자는 것이 나의 진료 방침이었습니다. 그러다 보니 종종 진찰실 밖으로까지 환자의 치료가 연장되고, 자연스럽게 이런 저런 봉사활동으로 이어졌습니다.

봉사하기를 좋아하는 이런 천성이 실은 어머니에게서 내 속으로 흘러들어 왔음을 인정하게 된 것은 세월이 한참 흐른 뒤였습니다. 내가 어릴 적 어머니는 대문 앞을 지나가는 거지들을 집 안으로 불러들였고, 식구들이 늘 먹는 그 밥상에 새로 지은 밥과 찬을 내오곤 했습니다. 생각해보면, 나의 좋은 면들은 모두 어머니에게서 물려받은 것임을 인정하지 않을 수 없습니다.

내 아이들에게 나는 무엇을 물려주었을까요? 나는 좋은 아버지였을까요? 밀려드는 옛 생각에 젖노라면, 마지막에는 늘 아이들에 대한 아쉬움으로 이어집니다. 아이들은 이제 모두 중년에 이르러 가정을 꾸렸지만, 내 마음속에는 아버지로서 잘해주지 못하고 지켜봐주지 못한 어린 그 아이들이 있기 때문입니다. 나를 잘 아는 사람들은 종종 "어떻게 그렇게 많은 일을 하면서도 자식들을 잘 키울 수 있었습니까?"라고 묻곤 합니다. 그러면 나는 답합니다.

"아이들 스스로 알아서 컸을 뿐입니다."

옛말에 '아이들은 다 자기 먹을 것을 갖고 태어난다'고 합니다. 그 말뜻은 부모와 관계없이 아이들 스스로 자신을 지킬 힘을 가지고 있다는 것으로 나는 이해합니다. 그러니 아이들 때문에 너무 속 끓이지 말고 물 흘러가듯 아이들을 지켜보고 믿어주라고 말합니다.

요즘 부모들이 들으면 아주 무책임하고 말도 안 되는 소리라고 하겠지요? 맞습니다. 동의합니다. 내가 아이를 낳아 키우던 시절과 요즘 세상은 아주 많이 다르기 때문입니다. 경제적 풍요와 더불어 삶의 양식, 문화, 사회적 인식 등 변화된 환경에서의 양육 방식은 다를 수밖에 없지요.

한 가지 같은 점이 있다면, 내 아이에게 좋은 것은 모두 해주고 싶은 '부모 마음'일 것입니다. 양육법이란 달리 말하면 다 해주고 싶은 그 '사랑'을 어떻게 전달해주느냐는 것입니다. 사랑, 그것이야말로 동서고금을 막론한 양육법의 본질입니다.

고백하자면, 나는 자녀에게 사랑을 주는 데 서툴렀습니다. 인간 심리를 들여다보는 정신과 의사인 나는 양육에서도 이성적인 판단이 먼저였지요. 독립적인 기질이 강했던 나는 아이들에게도 그런 면을 기대했기에 아이들이 보기에는 다소 냉정한 아버지였을 겁니다.

한번은 아내에게서 이런 이야기를 들은 적이 있습니다. 아내가 둘째를 임신하고 출산이 임박했을 즈음이었습니다. 학교 강의를 마치고, 유치원에서 첫째 아이를 데리고 나와 장을 본 뒤 집으로 가는 버스를 기다리는데 갑자기 주저앉아 울고 싶더라는 것이었습니다. 부른 배를 하고는, 한 손은 첫째의 손을 잡고 다른 한 손은 무거운 시장바구니를 든 채, 날은 춥고 버스는 오지 않으니 사면초가의 기분이었을 겁니다.

아내가 털어놓은 사십몇 년 전의 그 일은 기실 육아에 적극 참여하지 않는 '아버지 역할'에 대한 뒤늦은 항의였습니다. 생계를 맡은 가장의 역할, 가부장적인 사회의 영향 아래 나 또한 자유롭지 못했습니다. 좋은 아버지, 좋은 남편 축에 든다는 생각을 여지없이 무너지게 한 아내의 고백 이후, 나는 조금씩 자녀 양육에 대한 아쉬움을 정리해보게 되었습니다.

나는 집안의 장손이자 외동아들입니다. 어머니의 과보호가 당연한 상황이었지만, 나는 그 사랑을 무척 힘들어했습니다. 참다못해 대학에 들어가자마자 어머니와 담판을 지으려 했습니다.

"어머니가 나에게 준 사랑은 대체 얼마입니까?"

돈으로 그 사랑을 갚을 테니 더는 간섭하지 말라는 뜻이었습니다. 그간 억눌려 있던 나의 독립적인 성격이 대학 입학을 계기로 드러난 것입니다. 어머니는 황당한 얼굴로 딱 이 한마디만 하셨습니다.

"너도 자식 낳아봐라."

그때는 알지 못했지만 어머니의 말은 참 대단한 선견지명이었습니다.

내 아이들을 과보호하지 않겠다고 결심한 나는 아이들이 독립적인 성격으로 자라기를 바랐습니다. 특히 장남에게 그런 기대를 더 많이 했습니다. 맞벌이였던 부모를 대신해 장남은 어린 시절부터 동생들을 돌봐야 했습니다. 우리 부부가 퇴근해서 집에 돌아올 때까지 동생들과 놀아주고 숙제도 챙겼습니다.

맏이로서 당연한 일이라고 생각했는데, 훗날 서른이 넘은 큰아이가 어릴 적 엄마 아빠 없는 집에서 동생들과 있는 게 힘들었노라고, 무섭고 외로웠다고 했습니다. 씩씩한 면모가 있어서 '동생 돌보는 일쯤이야' 했는데 사실은 전혀 쉬운 일이 아니었던 것이지요. 미안하고, 마음이 아팠습니다.

나와 아들, 두 사례를 이야기하는 것은 '우리는 모두 다르다'는 말을 하고 싶어서입니다. 부모 자녀도 마찬가지입니다. 독립적인 성격인 나를 닮아 아들도 비슷한 성격을 지녔으리라던 예측은 빗나갔습니다.

사실 부모가 머릿속에 그리는 자녀는 세상 어디에도 없습니다. 모든 부모는 이 점을 인정하고 자녀를 바라봐야 합니다. 바로 거기, 자녀를 하나의 주체로 인정하고 다름을 존중할 때 비로소 부모는 자녀의 성장을 원만하게 이끌어줄 수 있습니다.

다르기 때문에 갈등은 당연하게 일어납니다. 이 갈등을 두려워하면 안 됩니다. 갈등을 어떻게 풀어갈까에 관심을 갖는 일이 진정한 사랑입니다. 또 그 갈등을 어떻게 풀어가느냐가 양육의 핵심입니다.

예전과 다르게 요즘 아이들의 독립 시기는 매우 빠릅니다. 물리적 거리가 멀어지는 독립을 말하는 것이 아닙니다. 4차 산업 시대에 우리 사회의 모든 정보와 지식, 생각의 방식은 빠르게 변하고 유통됩니다.

아이들은 엄청난 정보를 스펀지처럼 거침없이 흡수하며 부모보다 더 많은 정보를 갖게 됩니다. 그만큼 부모의 역할이 줄어드는 것이지요. 극단적으로 미래의 부모 역할은 아이를 낳는 것에 그칠지도 모를 일입니다.

　이런 시대적 변화 속에서 부모는 어떤 역할, 어떤 양육 방식을 취해야 할까요. 한 공간에 있다고 해서 부모 자식이 가깝다고 할 수는 없습니다. 반대로 멀리 떨어져 있어도 서로 신뢰한다면 관계는 연결되어 있다고 볼 수 있습니다.

　앞으로는 이러한 물리적 거리를 뛰어넘는 '영적 네트워킹'이 부모와 자식 간에 점점 중요해지리라 봅니다. 그 신뢰감을 어떻게 쌓아야 할 것인가. 그 고민 또한 부모의 몫이며, 이 책을 그 출발점으로 삼으면 좋겠습니다.

　여성학자인 아내와 나는 학문적으로 서로 협력하는 길을 걸어왔습니다. 정신과 의사인 나는 많은 정신 질환의 원인이 가정에서 시작한다고 생각했고, 아내는 가부장제의 여성 문제를 연구했습니다. 자연스럽게 부부, 부모-자식, 고부, 조손 관계 등 시대 흐름에 따라 변화되는 가족의 양상과 심리적 문제를 살피고 그 해결책을 찾으려 했습니다. 그 과정에서 우리 가족을 모델 삼은 사례들도 꽤 있습니다. 이런 연구 덕분에 '우리집 자녀 교육'에 대한 여러 기억을 되살릴 수 있었습니다.

　2003년부터 우리 집은 삼대(조부모, 부부, 손자)가 한 건물에 층수를 달리하며 살고 있습니다. 1층에는 나와 아내가 생활하고, 각 층마다 2남 2녀의 자녀와 손자들이 나눠 살고 있습니다. '예띠의 집'라는 이름도 지었고, 어린 손자까지 모두의 동의를 받아 생활 규칙 다섯 가지를 세웠습니다.

그 가운데 가장 심혈을 기울였던 규칙은 '각 가정이 고유한 가치관과 종교관을 갖고 간섭 없이 살아간다. 서로 같음은 나누면서 즐기고, 다름은 인정하고 존중한다'입니다. 내가 이 책에서 전하고 싶은 자녀 양육법의 핵심이 바로 여기에 있습니다.

이 책은 내가 2남 2녀의 자녀를 키우면서 아쉬움으로 남았던 것을, 여러 부모와 또 부모가 될 분들에게 전해드리는 소회문(所懷文)입니다. '책에 나온 대로 댁의 자녀를 가르치고 교육하십시오'가 아닙니다. 여든 몇 해 동안 자식과 남편, 아버지, 할아버지의 역할을 지나온, 그야말로 먼저 살아본 이의 바람일 뿐입니다. 다만 정신과 전문의로서 마음이 아픈 사람들을 많이 만나고, 가족 관계와 부모 역할의 중요성을 연구하며 찾아낸 나 나름의 작은 결론임을 참고해 주시기를 바랍니다.

더불어 이 책에 실린 생각은 이전에 출간한 책에서 언급한 내용과 반복되는 부분도 있습니다. 그것은 자녀교육의 원칙은 예전이나 지금이나 동일하기 때문입니다. 이 글을 쓰면서 함께 참여하여 토론해 주신 이서원, 이동원, 장윤정, 박이분, 최금주 님께 깊은 감사를 드리며 전체적인 글의 문맥을 다듬어 주신 김선경 님에게도 깊은 감사를 표합니다.

자, 나는 여기까지 왔습니다. 여러분은 사랑하는 자녀들과 더 멀리 가볼 수 있을 것입니다. 자녀를 키우면서 느끼는 기쁨과 슬픔, 조바심과 분노, 안타까움. 그 모든 것을 누려보시기 바랍니다. 그것이 그대로 인생의 선물입니다. 아이는 하늘이 주셨기 때문입니다. 당신과 자녀는 이 세상에서 유일한 관계입니다.

이근후

2장 부모만 모르는 내 아이 속이 궁금할 때

3장 세상과 어울릴 줄 아는 아이로 키우고 싶다면

4장 큰소리치지 않고 아이를 키우고 싶다면

1장
뜻대로 되지 않는
아이와의 관계에 대하여

아이를 잘 기르는 방법은 무엇일까요? 부모는 아이에게 좋다는 것은 다 해주고 싶습니다. 그러나 세상 모든 것을 다 준다 해도 아이가 그것을 그대로 받아들이지는 않습니다. 자기의 방식과 그릇대로 흡수하지요. 그러니 못다 준 것을 생각하기보다 부모로서 하지 말아야 할 것만을 피해도, 그리고 한 인간으로서 솔직하게 아이를 대하며 자기 인생을 살아가면 됩니다. 그것만으로도 당신은 충분히 괜찮은 부모입니다.

당신은 아이와
어떤 관계를 맺고 있나요?

◗ ✦ ◖

나는 '야금야금'의 철학으로 살아왔습니다. 욕심내지 않겠다는 뜻이기도 하지만, 세상 모든 일이 이뤄지는 과정이기도 합니다. 좋은 일이든 나쁜 일이든 '야금야금'의 단계가 쌓여 만들어진다는 것이지요.

나의 진료실을 찾아온 환자들이 호소하는 정신적인 문제들도 대부분 갑자기 생겨난 것이 아닙니다. 어떤 원인이 긴 시간 동안 쌓이면서 드러난 결과입니다. 대부분은 어린 시절 가정에서 그 원인을 찾을 수 있습니다. 개인 상담만으로는 부족할 때 보통 환자의 가족을 진료실로 오도록 하는데, 한 사람씩 부르다 보면 어느새 가족 모두를 치료해야 하는 상황이 벌어지기도 합니다.

"우리 아이가 어릴 땐 저렇지 않았습니다."

청소년의 정신 상담을 하다 보면 대개 부모들이 하는 말입니다. 부모들은 아이에게 문제가 있다며 나를 찾아오지만, 많은 경우 부모에게도 문제가 있습니다. 부모가 이를 인정하고 받아들이면 본격적인 상담 치료가 시작됩니다.

여기에서 '문제가 있다'는 말은 절대적인 잘못이 있다는 뜻이 아닙니다. 근본적으로는 마음을 표현하는 방식, 즉 관계 맺기의 서투름에서 비롯되는 것이지요.

부모 자식 관계라도 서로 개별적인 존재입니다. 인간 대 인간으로서 서로 살피고 이해하고 맞춰야 하는 단계가 필요합니다. 이 과정은 죽을 때까지 계속되어야 합니다. 성인이 되기 전의 양육 단계에서는 부모가 아이를 더 많이 살피고 이해하고 맞추고 이끌어가야 하겠지요. 이 단계를 야금야금 밟아나가는 것이 육아와 양육의 기초입니다.

✦ 부모는 아이가 태어나 처음 맺는 인간관계 ✦

"우리 아이가 어릴 땐 저렇지 않았습니다"라고 호소하는 부모와 아이의 관계는 언제부터 어긋났을까요? 대부분은 부모가 아이를 일방적으로 조정하려 들거나 어떤 틀 속에 가둬두는 시점부터일 것입니다. 부모는 자녀가 행복한 사람으로 자라기를 바라며 그에 필요한 조건들을 세세하게 갖춰주려 애쓰지만, 엄밀하게 말하면 그 행복은 부모가 정한 기준일 뿐입니다.

흔히 좋은 학교, 좋은 직업, 좋은 직장을 가지면 행복하리라고 생각합니다. 그만큼 경제적 여유가 따라오고 행복도 커진다는 것이지요. 그래서 아이가 어릴 때부터 그 목적을 이루기 위한 양육법을 선택합니다. 부모 말을 잘 따르도록 규칙을 세우고 순종적인 아이로 키우려고 합니다.

여기서 잠깐, 요즘 사람들 '하버드' 참 좋아하지요. 책 제목에 '하버드'를 붙이면 더 잘 팔린다고도 합니다. 자녀가 하버드대학교를 가는 것은 많은 부모의 로망이기도 합니다. 하버드대를 졸업하면 사회적인 성공과 명예가 보장되어 행복한 인생을 살 거라는 믿음 때문입니다. 그런데 정말 하버드대가 행복한 삶을 보장할까요?

하버드대학교 성인개발연구소에서 '행복의 조건'을 연구했습니다. 하버드대생을 포함한 다양한 계층의 20대 청년 724명을 대상으로 2년에 한 번 가족관계, 학업, 사회생활, 건강,

친구관계 등에 대한 인터뷰와 신체검사, 뇌파 측정까지 광범위한 조사가 이뤄졌습니다. 20대 청년이 90대 노인이 되기까지 무려 75년이 걸린 긴 연구였습니다.

2015년 연구 발표에서 책임자인 하버드의대 정신과 로버트 월딩어 박사는 '행복의 조건은 학력, 부, 명예, 성공에 있지 않다'라고 말했습니다. 최종 결론은 '좋은 관계'가 인간을 건강하고 행복하게 만든다는 것이었습니다. 학력이 낮고 수입이 적으며 사회적 지위가 높지 않아도 주위 사람들과 원만하고 친밀한 관계를 맺는 이들이 스스로 행복하고 좋은 삶을 살고 있다고 여겼습니다.

반대로 고학력에 부와 명예가 높더라도 주위 사람들과 원만한 관계를 맺지 못하는 사람들은 삶에 만족하지 못하고 스스로를 불행하다고 느꼈습니다. 하버드대를 나온다고 해서 더 행복한 것은 아니라는 말입니다.

'좋은 관계'는 인간의 행복에 필수적인 조건입니다. '좋은 관계가 좋은 삶을 가져온다.' 이 연구 결과가 부모에게 말해주는 것은 자녀가 행복하게 살기를 바란다면 '좋은 관계를 맺을 수 있는 능력'을 키워주어야 한다는 데 있습니다.

모든 공부와 배움이 그렇듯 좋은 관계를 맺는 능력 또한 하루아침에 익힐 수 있는 것이 아닙니다. 오랜 세월 보고 배우고 익히는 반복적인 과정이 필요합니다. 그리고 그 시작은 양육자인 부모에게서 시작됩니다.

아이가 태어나서 처음 맺는 인간관계가 바로 부모입니다. 부모와의 관계가 중요한 것은, 아이가 부모 아닌 다른 사람과 관계를 맺을 때 그 방식과 태도에 절대적으로 영향을 미치기 때문입니다.

✦ 보살핌을 받고 있음을 느끼게 하라 ✦

오래전 진료차 시골에 갔을 때 일입니다. 어느 집 안방에서 한 할머니와 이야기를 나누고 있는데 건넌방에서 아기 우는 소리가 들렸습니다. 그러자 할머니가 부엌에 있는 며느리를 향해 "아가, 애기 배고프다, 젖 줘라"라고 하더군요. "예"라는 며느리의 대답이 이어지고 곧 울음이 잦아들었습니다. 아기는 엄마 젖을 먹고 쌔근쌔근 잠이 들었나 봅니다. 한참 기척이 없더니 울음소리가 또 들렸습니다. 이번에도 할머니가 며느리에게 일렀습니다.

"아가, 애기 오줌 쌌다. 기저귀 갈아줘라."

며느리가 건넌방으로 들어간 뒤 신기하게도 아기는 울음을

뚝 그쳤습니다. 상담을 마치고 나오는 길에 며느리에게 할머니 말이 맞았는지 묻자 며느리가 답했습니다.

"네. 어머님 말씀은 한 번도 틀린 적이 없습니다."

그 뒤 서울로 돌아와 진료하던 중에 다시금 그 할머니를 떠올리게 된 일이 있었습니다. 오줌을 가리지 못하고 간혹 이상한 행동을 하는 초등학생 아이와 어머니가 상담을 왔습니다. 언제부터 이상 행동이 시작되었는지, 밤에 몇 번이나 소변을 보는지 물었습니다. 그러자 어머니는 같이 데리고 온 가정부에게 내 질문을 받아 "얘, 이 애가 언제부터 오줌을 아무 데나 싸던?", "밤에 몇 번이나 누던?"이라고 똑같이 물었습니다.

자녀의 일상을 가정부에게 물어볼 만큼 무관심한 어머니가 아이의 마음을 얼마나 알고 있었을까요? 아이가 소변을 가리지 못하는 것은 엄마의 관심을 끌기 위한 무의식적 행동이거나 엄마의 무관심에 대한 경고일 수 있다고 짐작했습니다.

반대로 시골 할머니는 울음소리만 듣고도 아기가 배가 고픈지, 기저귀가 젖어 불편한지 알고 있었습니다. 오랜 육아 경험도 한몫했을 테지만, 할머니의 마음이 늘 아기에게 열려 있었기 때문입니다. 얼마쯤 잤으니까 지금은 배가 고프겠구나, 젖을 먹었으니 오줌을 눴겠구나, 하고 예측할 수 있는 것이지요. 이로써 아기는 울음을 통해 소통하는 법을 무의식적으로 배우게 됩니다. 시골 아기와 도시 초등생, 현재 상황만 보았을 때 어느 아이가 타인과 더 잘 소통하고 세상과 잘 연결될 수 있을까요?

 우리는 종종 알면서도 놓치는 것이 있습니다. 특히 자녀 양육에서 잊어버리는 것 중 하나는 물질보다는 관심, 보살핌이 더 중요하다는 '당연한' 사실입니다. 잘 먹이고 잘 입히며 원하는 것을 충분히 들어주는 일을 '보살핌'이라고 착각하기 때문입니다.

 근본적인 보살핌은 아이의 마음을 읽는 것입니다. 아이의 속마음을 알아야 부모는 지혜롭게 대응할 수 있습니다. 엄마 아빠가 내 마음을 알아주고 있다고 느낄 때, 아이와 부모의 정서적 유대감이 높아지고 신뢰도 쌓이게 됩니다.

 소아기를 지나 유년, 청소년기의 아이들은 부모에게서 존중받을 때 보살핌을 느끼게 됩니다. 존중받는다는 것은 아이의 생각과 말이 일방적으로 무시당하지 않을 때입니다. 보살핌의 느낌은 성장기의 자녀와 부모의 관계 형성에 결정적인 영향을 미칩니다.

 다시 말해 좋은 관계란, 마음이 통하는 관계입니다. 부모 자녀 사이에 좋은 관계가 형성되려면 먼저 부모의 일방적인 사랑이 바탕이 되어야 합니다. 옛말에 "내리사랑은 있어도 치사랑은 없다"라는 말이 있습니다. '부모의 자식 사랑은 당연하고 자식이 부모를 받드는 것은 반드시 그렇지 않다'라는 뜻입니다.

시골 할머니가 아이 울음소리만 듣고도 배가 고픈지 오줌을 쌌는지 아는 것처럼, 양육 과정에서는 부모의 관심과 사랑이 절대적으로 필요한 시기가 있습니다. 이는 화분에 씨앗을 심고 처음에는 물을 흠뻑 주는 이치와 같습니다. 그다음부터는 화초의 특성에 맞게 일주일에 한 번 물을 주거나 일주일에 두세 번 주는 등 물 주기를 달리해야 합니다.

부모들은 양육과 훈육을 자주 혼동하기도 합니다. 양육은 아이를 보살펴서 잘 자라도록 하는 것이고, 훈육은 규칙에 따라 행동하도록 가르치는 것입니다. 화초의 특성에 맞는 물 주기가 바로 훈육이라면, 이 훈육이 잘 이뤄지도록 하려면 충분한 물 주기, 즉 부모의 사랑과 믿음이 있어야 하는 것입니다.

나는 모든 부모가 아이들에게 궁극적으로 바라는 점은 자기 삶을 건강하게 즐길 수 있는 능력을 갖추는 것이라고 생각합니다. 현실의 치열한 교육 환경은 피해 갈 수 없더라도, 매 순간 아이에게 진정으로 좋은 삶이 무엇인지 돌아보는 것을 잊지 않기를 바랍니다. 장기적인 안목으로 지금 내가 아이에게 하는 말 한마디, 행동 하나가 어떤 의미를 갖는지 살펴야 합니다. 아이 양육의 목적을 잊지 않는다면, 설사 옆길로 새더라도 금세 제자리로 돌아올 수 있습니다.

성인이 된 자녀를 데리고 정기적으로 약을 받으러 오던 부부가 생각납니다. 사회적으로도 안정된 위치에 있던 부부는 자녀와의 불화로 오래도록 마음고생을 하고 있었습니다. 그 불화가 아이 마음에 병을 불러온 것입니다. 부부는 어쩌면 평범한 사회생활이 힘들지 모르는 자녀를 안타까워하며 말했습니다.

"우리는 이제 아무것도 바라지 않습니다. 아이가 건강해지기만을 바랄 뿐입니다."

자격 없는 부모라는
생각이 들 때

◗ ✦ ◖

내 명의로 산 첫 번째 집은 돈암동 산 중턱의 방 두 칸짜리 주택입니다. 서울에 올라와 이사를 열다섯 번 넘게 한 끝에 마련했지요. 얼마나 좋았는지 앞으로 살면서 더는 욕심 부리지 않겠다고 다짐할 정도였습니다. 세월이 한참 흐른 뒤 그날의 기억이 문득 떠올라 다시 찾아가 보았더니 시멘트 블록에 슬레이트를 얹은 허술한 집이었습니다. 내 인생에서 가장 가난했던 시절로 아이들에게 학용품 하나도 선뜻 사주지 못하는 처지를 스스로 딱하게 여기던 때였지요.

그런데 아이들이 성장하고 난 뒤 맞춰본 기억의 퍼즐은 조금 달랐습니다. 가난의 풍경을 아이들은 '에덴동산'으로 기억하고 있었습니다. 형제끼리 아옹다옹 잠자리 다툼을 하던 이야기, 좁은 골목에서 온 동네 아이들과 어울리며 놀았던 이야기, 엄마를 마중하러 멀리까지 나갔던 이야기…. 아버지로서 미안하기만 했던 가난을 아이들은 정말 기억하지 못한 것일까요? 아닙니다. 아이들은 가난의 불편함을 당연하게 받아들였던 것입니다.

그 비결 아닌 비결을 말씀드리자면, 아내와 나는 아이들과 이야기를 나누려고 애썼습니다. 어리다고 무시하지 않았지요. 어떤 결정을 내려야 할 때면 모두 한자리에 불러놓고 부모의 뜻을 솔직하게 전했습니다.

당시는 현직에 있는 교사도 방과 후에 과외교습 아르바이트를 할 만큼 과외 바람이 불던 때였습니다. 나는 돈이 없어 아이들에게 과외 공부를 시키지 못했습니다. 평소 부모와 대화하면서 집안의 어려움을 알고 있던 아이들이 먼저 말하더군요.

"혼자 힘으로 공부해보고 과외가 필요하다 싶으면 말하겠습니다."

아이들은 제힘으로 공부했습니다. 덕분에 이과를 선택했던 큰아이는 대학에 들어가서 공부를 따라잡느라 애를 먹기도 했다고 합니다만, 사남매 모두 부모의 형편을 있는 그대로 봐주었던 것 같습니다. 그런데 훗날 아이들이 이구동성으로 말하더군요.

"아버지는 늘 우리와 대화하려고 하셨죠. 물론 아버지 뜻이 끝까지 관철될 때까지요."

가족 모두 파안대소를 했지요. 앞에서 비결 아닌 비결이라고 한 이유입니다. 내 대화의 특징은 솔직함과 설득, 이 두 가지였습니다. 적어도 일방적인 명령과 강요하지 않은 대화법이 아이들 마음을 조금 더 열어놓은 계기는 되었던 듯합니다.

✦ 부모의 감정은 아이에게 스며든다 ✦

같은 상황에 놓인 두 부부를 상담한 일이 있습니다. 부부 모두 외동아들을 키우고 있었습니다. 그런데 한 부모는 아들에게 늘 미안하다고 했답니다.

"형이나 누나가 있으면 네가 덜 외로웠을 텐데…. 혼자 있게 해서 미안하다."

아이는 형제가 없는 사실을 큰 잘못으로 여겼습니다. 한편 다른 부모는 아들에게 늘 축하한다는 말을 했습니다.

"너는 복받은 아이다. 외동은 행운이자 기회란다. 다른 형제에게 나눠줄 사랑을 너 혼자 다 받을 수 있으니."

'미안하다'는 말을 들은 아이는 심리적으로 위축되어 갔습니다. 혼자라는 사실을 부끄러워하며 형제 있는 친구들을 부러워했지요. '축하한다'는 말을 들은 아이는 밝고 활발한 성격으로 자랐습니다. 자기주장도 당당하게 할 줄 알고 친구들과도 원만하게 지냈습니다. 똑같은 외동아들이지만 부모의 시선과 태도에 따라 아이들의 성격과 친구관계 역시 달라졌던 것입니다.

인간의 말과 행동은 생각에 따라 결정됩니다. 부정적인 생각을 떠올리면 뇌에서 스트레스 호르몬이 나오는데, 이 호르몬이 혈관을 타고 온몸에 퍼지면서 심박수 증가, 어지러움 등 우리 몸의 신진대사와 자율신경에 나쁜 영향을 줍니다. 반대로 긍정적인 생각을 떠올리면 엔도르핀 같은 긍정 호르몬이 분비되어 심신이 안정됩니다.

이때 아직 뇌 발달이 미성숙한 아이들은 부모의 감정을 그대로 흡수하고 학습하므로 부모의 생각과 말, 행동은 아이에게 고스란히 전달됩니다. 특히 스트레스 호르몬은 부정적인 생각과 기억을 더욱 쌓아두는 악순환을 반복합니다. 몸의 면역력이 떨어지면 감기에 걸리듯 마음이 불안정하면 우울감과 같은 정서 장애를 겪게 됩니다. 평소 마음의 면역력이 중

1장 뜻대로 되지 않는 아이와의 관계에 대하여

요한 이유입니다. 부모가 아이의 마음 면역력을 키워주려면 부정적인 생각의 패턴을 심어주지 않도록 주의해야 합니다.

　사람 감정이 다 똑같다고 말하지만, 같은 상황이라도 모두 같은 반응을 보이지는 않습니다. 슬픈 영화를 보고도 어떤 사람은 눈물을 흘리고 어떤 사람은 흘리지 않습니다. 버스 안에서 누군가에게 발을 밟혔을 때 몹시 화내는 사람이 있는가 하면 조용히 참고 넘기는 이도 있습니다. 상황을 어떻게 인식하느냐에 따라 반응이 달라지는 것입니다.

　부정적인 생각의 패턴을 지닌 사람은 나에게 일어난 고통에만 집중하기 때문에 바로 감정을 쏟아냅니다. 흔들리는 버스라는 상황과 다른 승객의 입장을 배려하지 못하는 것입니다. 이런 부정적인 감정에 대한 대처 방식은 결국 자기 자신에게도 똑같이 적용됩니다. 화, 우울, 분노, 좌절, 자존감 등의 감정은 행복의 질을 결정적으로 좌우합니다.

　상황을 인식하고 이해하는 생각의 패턴은 어릴 때부터 형성됩니다. "혼자 있게 해서 미안하다"와 "너에게 충분한 사랑을 주겠다"라고 한 두 부모의 마음은 똑같이 사랑이지만 아이에게 작동하는 생각의 방식은 아주 큰 차이가 있습니다. 부모는 아이들의 무의식과 가치관에 어떤 생각의 무기를 장착해주어야 할지 진지하게 고민해야 합니다. 긍정적인 생각의 패턴을 심어주는 것은 아이의 행복을 위한 가장 확실한 방법입니다.

"선생님, 긍정적이란 말이요, 그거 너무 어려운 거 아세요?"

상담하다 보면 간혹 이런 원망 섞인 말을 듣기도 합니다. '긍정'을 무조건 좋은 쪽으로만 해석하는 것이라고 여기기 때문에 생기는 오해이지요.

'긍정'이란 일어난 일, 상황을 그대로 인식하는 것입니다. '아, 나에게 이런 일이 일어났구나', 여기에는 좋다, 나쁘다, 판단이 들어가면 안 됩니다. 판단이 들어가지 않으면 감정의 쏠림 현상이 일어나지 않게 되고, 그다음 이어질 행동이 부정적으로 흐르지 않게 됩니다.

베트남 전쟁에서 포로로 잡혔다가 8년 만에 풀려난 스톡데일 장군의 이야기는 너무나 유명합니다. 많은 포로가 심리적 공포에 시달리며 죽었습니다. 그들은 곧 풀려날 거라는 근거 없는 희망을 품었다가 번번이 좌절하며 심신이 약해져 갔습니다. 반면 스톡데일은 자신의 상황을 인정했습니다. 꾸준히 운동하고 포로들끼리만 통하는 신호를 만들어 서로를 다독이기도 했습니다.

스톡데일이 고통스러운 독방살이와 고문에 시달리면서도 살아남을 수 있었던 것은 현실을 왜곡하지 않고, 지금 자신이 할 수 있는 일을 하면서 기다렸기 때문입니다. 이처럼 긍정은 현실을 외면하고 무작정 잘되리라 생각하는 것이 아닙니다. 상황을 인정하고 받아들이고 다만 내가 할 수 있는 일을 하는 것입니다.

요즘은 많은 여성이 아이를 낳은 뒤에도 직장에 나가 일을 합니다. 회사 업무와 집안일을 모두 돌보기란 참 어렵지만, 둘 다 포기할 수 없는 일인 만큼 일하는 엄마들의 마음고생은 이루 다 말할 수 없지요. 아이를 하루 종일 돌보지 못해 마음이 불편하고 아이가 아프기라도 하면 엄마의 잘못이라고 자책합니다.

그런데 반대로 전업주부를 선택하며 아이를 돌보는 엄마들도 또 다른 죄책감을 느낍니다. 왠지 사회적으로 뒤처진다는 열등감을 갖거나, 혹은 아이들에게 충분한 경제적 지원을 해주지 못한다는 죄책감을 느끼기도 하지요. 나는 일하는 엄마와 일하지 않는 엄마 모두에게 그런 죄책감은 넣어둬도 좋다고 말합니다.

고등학생인 딸이 책상 앞에만 앉으면 어지럼증과 두통을

호소한다며 찾아온 어머니가 있었습니다. 엄마는 딸의 대학 입시를 위해 온 정성을 다해 왔는데 딸이 조금도 몰라준다며 속상해했습니다. 그런데 딸의 생각은 달랐습니다. 정성이 아니라 감시라고 생각했습니다. 엄마가 일거수일투족을 살피고 집에서는 방문 앞을 지키며 공부를 다그쳤다고 합니다.

"차라리 엄마가 직장에 나갔으면 좋겠어요. 그러면 저도 숨을 좀 쉴 수 있을 것 같아요."

딸의 말입니다. 전업주부인 엄마는 하루 종일 모든 생각이 딸에게 집중되어 있었고 결국 아이에게 심리적인 압박으로 작용했습니다.

그런가 하면 엄마가 직장에 다니는 게 너무 싫다고 호소하는 아이도 있었습니다. 아이의 엄마는 좋은 학원에 보내는 등 경제적 지원을 아끼지 않았지만, 정작 아이는 엄마의 사랑에 목말라했습니다. 엄마는 "너를 위해 직장에 다니는 것이다"라는 말을 반복했고, 이 말은 오히려 아이에게 상처가 되었습니다.

'아이와 얼마나 오래 있었는가'보다 '얼마나 깊은 교감을 나누었는가'가 아이의 정신 건강에는 훨씬 더 중요합니다. 양(量)보다 질(質)이지요. 앞의 두 사례 모두 '질'이 문제가 되는 경우입니다. 온종일 함께 있어도 통제하고 감시하는 엄마, 떨어져 있으면서 돈으로 해결하려는 엄마는 부족한 질을 채우려는 양의 양육을 하고 있던 셈입니다.

일하는 엄마들은 아이들에게 종종 이렇게 말합니다.

"엄마가 너를 돌봐주지 못해 미안하다."

죄책감을 덜기 위한 말입니다. 이때 아이는 자신이 처한 상황이 잘못된 것이며 스스로를 불행하다고 느끼게 됩니다.

"엄마는 일을 하니까 네가 엄마를 좀 도와주면 좋겠구나."

이렇게 엄마가 당당하게 아이를 대하고, 또 도움을 부탁하면 아이는 자신이 받아들여야 할 상황으로 인식합니다. 상대적으로 엄마의 부재에 대한 심리적인 충격을 덜 받게 됩니다.

지금은 무엇보다 '아이는 엄마가 키워야 좋다'는 전통적 육아에 대한 인식이 바뀌어야 합니다. 아니 근본적으로는 누가 키우느냐의 문제가 아니라 집집마다 다른 육아 환경을 냉정하게 살피고, 아이에게 긍정적인 생각의 패턴을 심어주는 방법을 찾는 것이 중요합니다. 아이의 행복과 불행은 엄마가 직장에서 일하느냐, 일하지 않느냐로 결정되는 것이 아닙니다. 보이지 않는 수많은 요소가 모여서 발현되는 것이지요.

자녀의 성장이 부모의 노력에 달렸다는 생각은 부모에게 지나친 자책과 조바심을 불러일으키기 쉽습니다. 양육에도 수많은 변수가 있습니다. 그 변수에 어떻게 대처해나갈 것인가, 이에 대한 자신만의 양육 기준을 세워야 합니다. 아이 곁에서 절대로 떨어지지 않고 돌봐야 한다는 기준을 정했다면 죄책감에 시달릴 수밖에 없습니다. 아이 스스로 긍정적으로 생각할 수 있는 힘을 키워주고 싶다면, 부모 역시 현실에 기초한 긍정적인 생각 습관을 지녀야 합니다.

✦ 아이 스스로의 힘을 믿어라 ✦

아이를 잘 키운다는 것은 무슨 뜻일까요. 아이에게 좋다는 것은 모두 해주고 싶은 게 부모 마음입니다. 그러나 아이가 그것을 온전히 받는 것은 아닙니다. 아이마다 타고난 성향과 기질대로 필요한 것을 흡수하며 자기 세계를 구축해나갑니다. 아이는 부모가 생각하는 것보다 훨씬 더 강한 마음을 가지고 있습니다.

그렇다면 아이를 위해 진정으로 해주어야 할 것은 무엇일까요? 지금까지 내 경험으로 보면, 부모가 자기 인생을 열심히 살아가면 자식은 부모의 삶을 보면서 자기에게 필요한 양분을 취합니다. 부모의 삶을 학습하는 것입니다. 즉 좋은 부모가 되려고 너무 애쓰거나 괜한 죄책감을 느끼지 않아도 됩니다.

　세상에 완벽한 양육은 없습니다. 부모로서 정직하게 열심히 긍정적으로 살아가는 모습을 보여주는 것만으로 충분합니다. 부모는 부모의 삶을 살고 아이는 아이의 삶을 살면 됩니다. 과연 그럴까 싶을 테지만 언젠가는 이 말에 공감할 날이 올 겁니다.

부모의 상처가
아이의 상처가 되지 않도록

◗ ✦ ◖

'상처 없는 영혼이 어디 있으랴.'

프랑스 시인 랭보의 말입니다. 인생은 '고(苦)'라고 하지요. 세상에 상처 하나 없는 사람은 아무도 없습니다. 완벽해 보이는 부모라고 해도 크고 작은 상처를 지니고 있습니다. 이 상처가 잘 치유되지 않으면 부모가 된 이후 자녀에게 영향을 주게 되고, 심하면 고스란히 대물림되는 비극이 일어나기도 합니다.

나의 환자 중 심한 의부증을 앓는 젊은 여성이 있었습니다. 그 병 때문에 남편과 이혼하고 1년여 만에 입원 치료를 해야 할 만큼 증세가 깊어졌습니다. 의부증은 망상 장애로 꾸준한 심리 치료가 이뤄져야 합니다. 이 여성은 남성을 믿지 못하는 경향이 있었습니다. 연애 이야기부터 자연스럽게 풀어보게 했더니 대학생 시절 이성을 사귀기 시작했는데 몇 달을 넘기지 못하고 헤어지기를 반복했다는 것입니다. 물론 여성 쪽에서 먼저 이별을 고하는 식이었고요.

부모님은 어떤 분이냐고 물었더니 홀어머니 밑에서 자랐으며 당시 어머니는 미혼모로 자신을 낳았다고 했습니다. 여성의 어머니와 상담한 다음 알게 된 사실은, 총각 행세를 한 유부남에게 속아 임신을 했고 결국 혼자서 딸을 낳을 수밖에 없었던 것입니다.

엄청난 충격을 받은 어머니는 세상 모든 남자를 믿지 못하게 되었습니다. 그래서 아이가 어릴 때부터 "남자는 절대 믿으면 안 된다"라는 말로 단속했습니다. 그 말은 딸의 가슴에 깊이 각인되어 원만한 연애를 가로막는 장애물이 되었습니다. 다행히 한 남자와 결혼에 이르렀지만, 이번엔 남편에 대한 불신이 망상 장애로까지 발전했습니다. 엄마처럼 상처받지 않겠다는 강박이 불러온 마음의 병입니다.

만약 어머니가 지난날 자신의 상처를 잘 다독였다면, 그래서 딸에게 부정적으로 털어놓지 않았다면 두 모녀의 삶은 지금과 달라졌을 것입니다.

"엄마는 네 아빠의 거짓말 때문에 큰 충격을 받았지만 무너지지는 않았단다. 너와 나의 인생이 더 소중했으니까 말이야. 너도 어떤 남자를 만나든 네 인생을 더 소중히 여기면 좋겠구나."

어머니의 상처가 잘 치유되었다면 딸에게 이렇게 말했을 테고, 딸은 순조롭게 연애를 하고 정상적인 가정을 꾸렸을 확률이 높습니다. 부모의 상처와 고통이 대물림되는 것은 부모 자녀 모두에게 참으로 안타까운 일입니다.

✦ 어린 시절의 경험은 평생 간다 ✦

"세 살 버릇 여든까지 간다"라는 속담은 어릴 적 습관이 평생을 간다는 뜻으로 쓰입니다. 심리학적 측면에서는 어린 시절 경험이 무의식에 잠재된 채 평생에 걸쳐 영향을 주는 것으로 해석할 수 있습니다.

초등학교 들어가기 전까지 나는 안정적인 가정 환경에서 자랐습니다. 그러다 고등학교 때 아버지가 돌아가시면서 가세가 급격히 기울어, 요즘 말로 완전히 망해버렸습니다. 학비를 내기도 빠듯할 정도였지요. 그렇지만 그 상황이 그다지 걱정스럽지는 않았습니다.

어머니, 여동생과 사는 단칸 셋방에 좋아하던 여학생을 데려오기도 했습니다. 가난을 굳이 드러낼 필요는 없지만 숨길 까닭도 없었으니까요. 훗날 정신과 의사가 되어 생각해보니 그 자신감은 어린 시절 경험한 정서적인 안정감에서 비롯된 것이었습니다.

반대의 사례도 있습니다. 고등학교 때 우리 집보다 더 형편이 어려운 친구가 있었습니다. 나는 가끔 쌀도 가져다주고 이런저런 도움을 주었지요. 우리는 사회인이 되어 다시 만났는데 친구는 사업에 성공해서 큰 부자가 되어 있었습니다. 그런데도 친구는 어딘가 주눅 든 태도로 나를 대하고 있었습니다. 열등의식이 보이지 않게 남아 있었던 것입니다.

동양 속담에 등장하는 '세 살 버릇'을 서양 의학에서는 '아동기 감정 양식(Early Childhood Emotional Patterns)'이라고 표현합니다. 용어만 다를 뿐, 어린 시절 경험했던 정서(감정)가 평생에 걸쳐 나타난다는 사실은 동서양이 같습니다. 부모는 자신의 경험을 바탕으로 아이를 키울 수밖에 없습니다. 그 경험이 바로 '세 살 버릇'과 '아동기 감정 양식'입니다.

그렇다면 어린 시절에 상처를 많이 받은 부모가 자녀에게 더 부정적인 영향을 끼치게 될까요? 그렇다고 말할 수 있지만 또 반드시 그런 것만은 아닙니다.

한번 생각해보십시오. 이 세상 부모 중에 흠 없는 인격을 갖추고 상처 하나 없는 이가 있을까요? 또 주위를 살펴보면 어린 시절의 상처에도 불구하고 아이를 훌륭하게 잘 키워낸 부모도 많습니다. 단순히 상처를 갖고 있느냐보다는 그 상처를 어떻게 바라보고 성찰하는지가 더 중요합니다. 그에 따라 아이에게 나쁜 영향을 줄 수도 있고, 충분히 좋은 영향을 미치는 기회가 되기도 하니까요.

✦ 부모의 자격은 자신의 상처를 어떻게 다루느냐에 있다 ✦

상처는 몸에만 생기는 것이 아닙니다. 마음도 상처를 입습니다. 마음의 상처는 훨씬 깊고 오래갑니다. 몸의 상처를 제대로 치유하지 않으면 덧나듯이 마음의 상처도 잘 아물도록 보살펴야 합니다.

부모의 자격에 대해 말할 때 나는 부모가 어린 시절에 어떤 상처를 받았는지를 스스로 알고 있는지, 이를 제대로 치유했는지로 가늠합니다. 부모가 내면의 상처를 인지하지 못하면 무의식적으로 자녀에게 상처를 투사하게 됩니다. 투사

(projection)란 문제의 원인을 다른 사람 탓으로 돌리는 것입니다.

가정 형편이 어려워 대학에 진학하지 못한 상처가 있는 부모들이 자녀에게 모든 것을 쏟아붓고 공부로 몰아넣는 경우가 대표적인 예입니다. 그런데도 자녀가 원하는 대학에 들어가지 못했을 때 부모는 깊은 좌절감을 겪게 되면서 이 불행의 원인이 공부를 제대로 안 한 자녀에게 있다고 생각합니다.

나의 환자 가운데 지적 장애가 있는 청년이 있었습니다. 청년이 대학을 졸업했다고 해서 기특하게 여겼습니다. 그런데 대학 졸업장은 사실 엄마의 성취였습니다. 엄마가 모든 계획을 짜주고 강압적으로 교육했던 것입니다.

대학 공부를 엄마가 일일이 챙겨줘서 졸업은 했지만 직장이 문제였습니다. 이번에도 엄마가 나서서 취업에 성공하지만, 청년의 지적 수준으로는 해낼 수 없는 업무였습니다. 엄마의 치맛바람은 그제야 끝이 났습니다. 엄마가 대신 직장에 다닐 수는 없었기 때문입니다.

청년은 회사를 그만두고 극심한 좌절감에서 헤어나지 못하고 자기만의 세계에 갇혀버렸습니다. 입을 닫고 누구와도 눈을 맞추지 않았습니다. 가장 큰 원인 제공자는 엄마입니다.

부모의 가난으로 대학에 가지 못한 엄마는 아들만큼은 대학을 나와서 번듯한 직장에 다니며 자신처럼 실패한 인생을 살지 않기를 바랐습니다. 지적 장애가 있는 아들이었기에 더욱더 대학에 집착했던 것입니다.

이런 사례들이 특별한 것은 아닙니다. 크건 작건 모든 부모는 자기의 경험과 체험, 상처를 자녀에게 보상받기를 기대하고, 이는 아이의 타고난 기질을 강화하거나 억누르는 역할을 합니다.

정신 의학에서는 인간의 기질(성격)은 타고나는 것과 성장 과정에서의 후천적 경험으로 이루어진다고 진단합니다. 후천적 경험을 부모의 영향력이라고 볼 수 있습니다. 예를 들면 소심한 아이가 부모의 강압적 교육 방식에 적응하다 보면 강한 스트레스를 받게 되는데, 이 스트레스가 쌓이면서 자신을 더욱 가두는 쪽으로 기질이 강화되는 것입니다.

'나는 아이에게 좋은 부모일까' 하고 고민된다면 자신의 상처를 어떻게 바라보고 있는지 살펴보세요. 나의 문제를 알고 성찰하고 성장하려는 마음을 갖는 것은 비단 자녀 교육만의 문제는 아닙니다. 살면서 생기는 상처는 반드시 해결하고 넘어가야 합니다. 해결이란 말은 여러 가지로 풀이할 수 있습니다만, '괜찮다, 그럴 수도 있었다'고 스스로를 위로하는 것입니다. 상처를 외면하거나 덮어두면 사는 동안 걸림돌이 됩니다.

4·19 때 시위한 전력으로 교도소에서 열 달간 구금되었을 때, 나는 군인과 경찰에게 굉장히 모욕적인 언사를 당했습니다. 그 뒤 군인과 경찰만 보면 당시의 모멸감이 떠올랐고 나도 모르게 공격적인 감정이 불쑥 일어났습니다.

'아, 그래도 내가 정신과를 공부하는 의사인데 이런 감정을 해결하지 못하다니!'

나는 스스로 상처를 치유하는 법을 찾았습니다. '나는 잘못한 것이 없다, 그러니 그 모욕은 내 몫이 아니다'라고 생각하며 마음을 다스렸습니다. 한동안 내 이메일 뒷자리에 형무소 수인 번호를 붙여서 쓰기도 했습니다. 상처를 인정하고 대수롭지 않게 여기는 생각 습관을 들이자 어느 순간 그 번호를 봐도 아무런 감정이 일어나지 않게 되더군요.

인간의 정신세계에는 아직도 미지의 영역이 많이 남아 있습니다. 부모는 자녀를 완벽하게 키우고 싶어 열심히 노력하지만 그것은 단지 부모의 바람일 뿐입니다. 자녀를 완벽하게 키우는 일은 불가능하다는 인식을 항상 가지고 있어야만, 아이를 바람직한 방향으로 이끌어갈 힘이 떨어지지 않습니다.

결국 아이의 모습을 그대로 인정해주면서, 문제의 원인을 아이 탓으로만 돌리지 않는 것이 중요합니다. 자녀는 부모와 엄연히 다른 '별개의 인격체'라는 것을 늘 잊지 말아야 합니다.

멀어지는 연습으로
더 가까워집니다

◗ ✦ ◖

아이의 정서 장애로 찾아온 어머니에게 소아 정신과 의사들이 권고하는 처방이 있습니다. 바로 마더링(Mothering)입니다. 흔히 처방이라면 약이나 주사를 떠올리지만 마더링은 하나의 권고입니다. 유아기 때처럼 조건 없는 사랑을 주라는 것이지요.

엄마의 따뜻한 손길과 체취를 느끼면서 유아들은 정서가 안정되고 차츰 부모와 떨어질 준비를 합니다. 엄마가 눈에 보이지 않아도 혼자 놀 줄 알고, 3~4세에 이르면 친구들과 어울리면서 사회성이 발달하게 됩니다. 반면, 마더링이 충분하지 못한 아이는 정서 발달이 늦어지거나 공감력이 떨어지고 심한 경우 폭력성을 보이기도 합니다.

마더링 처방을 이야기하면 많은 부모가 궁금해합니다. 아빠도 있는데 왜 유독 엄마만 콕 집어 '마더링'이라고 하느냐고요. 맞는 말입니다. 그러나 왜 이런 용어가 나오게 되었는지를 알면 이해가 갈 것입니다.

임신 기간 10개월과 출산 후 가장 밀착해서 아기를 돌보는 사람이 엄마입니다. 유아동기 초기에 제일 먼저 영향을 주는 사람이 엄마이기에, 조건 없는 사랑을 말할 때 마더링이라는 용어가 대표로 쓰이게 된 것입니다.

마더링은 아이의 성장 단계에 따라 변화되어야 합니다. 조건 없이 주는 사랑이 아니라 부모가 조금 떨어져 지켜보는 사랑이 아이의 자립심과 사회성을 자연스럽게 키워주기 때문입니다. 그런데 요즘 많은 부모는 아이가 사춘기를 지나 성인이 되도록 마더링 상태에 머물러 있기도 합니다.

한 어머니가 대학생 딸을 데리고 상담을 왔습니다. 딸이 남들 다 하는 미팅도 한번 하지 않는데 사회성이 너무 부족한 것은 아닌지 걱정하고 있었습니다. 잠시 어머니를 나가게 하자 딸이 한숨을 쉬며 속마음을 털어놓았습니다. 어머니가 지금도 학교 수업을 마치면 교문에서 기다리고 매사 참견하며 통제한다는 것입니다. 그러니 미팅은커녕 친구 만날 시간도 없겠지요. 게다가 이제 사회성 운운하며 병원까지 데려오니 답답하다고 했습니다. 그러면서도 딸은 엄마 뜻을 따르느라 별다른 항변도 못 한 모양입니다.

나는 어머니에게 들어오라고 한 뒤 "축하합니다. 이제 따님을 독립시키셔도 좋겠습니다"라고 말해주었습니다. 딸의 사회성에는 아무런 문제가 없으니 딸 걱정은 그만하라는 뜻이었습니다. 그런데 어머니는 내 말을 오해하고는 딸에게 말했습니다.

"거봐. 선생님 말씀 잘 들었지? 어디 나가서 혼자 살아봐라. 엄마 없이 살 수 있는지!"

딸이 엄마 없이는 아무것도 못 한다고 여기는 어머니야말로 먼저 딸에게서 심리적 독립을 하는 게 시급해 보였습니다. 이대로 두면 딸의 스트레스는 점점 커질 테고 모녀 사이는 악화될 게 분명했습니다.

부모에게서 심리적으로 독립해야 할 시기를 놓친 아이들은 정신적인 어려움을 겪을 수밖에 없습니다. 부모와 자녀 사이에 일어나는 갈등의 원인은 붙어 있어야 하는 시기와 떨어져야 하는 시기를 구분하지 못해 생깁니다.

　모든 아이에게 부모는 첫사랑입니다. 특히 엄마에게 아이
는 배 속에 열 달 동안 품은 또 다른 '나'입니다. 첫사랑과 또
다른 '나'가 만나 펼쳐지는 이야기가 보통 사람의 인생 이야
기입니다. 첫사랑이 어떤 사람인가에 따라 러브스토리가 다
르게 펼쳐지듯 부모의 사랑 방식에 따라 아이의 인생도 달라
집니다.

　첫사랑은 대상이 누구든 헤어지기 싫은 게 인지상정입니
다. 엄마와 아이 역시 서로 붙어 있고 싶어 합니다. 특히 스스
로 아무것도 할 수 없는 아이는 엄마에게서 떨어지면 생명의
위협을 느낍니다. 그래서 엄마가 잠시라도 눈에 보이지 않으
면 자지러지게 울며 엄마를 찾지요. 아이에게 엄마는 생명을
지켜주는 절대적인 존재입니다.

　한편 모성은 엄마를 아이 곁에 붙어 있도록 하는 힘입니다.
모성이 강한 엄마는 아이와 자신을 동일시합니다. 이를테면
엄마 자신이 추우면 아이도 추울 것이다, 더우면 더울 것이
다, 배고프면 배가 고플 것이라고 여기면서 온통 아이에게 감
정을 이입합니다. 그러니 잠시도 아이 곁에서 떨어질 줄 모르
는 것입니다. 이렇듯 엄마와 아이는 자연스럽게 서로를 끌어

1장 뜻대로 되지 않는 아이와의 관계에 대하여

당깁니다.

 앞에서 마더링으로 설명했듯, 아이는 3~4세가 되면서 점점 혼자 있는 것을 어색해하지 않게 됩니다. 혼자 놀고 먹고 혼자 잠이 듭니다. 유치원, 초등학교, 사춘기를 지나는 동안 아이는 엄마의 시야 밖으로 점점 벗어나려고 합니다. 이 과정에서 엄마는 줄다리기를 해야 합니다. 사랑의 줄다리기이지요. 가까워야 할 때는 가깝게, 멀어져야 할 때는 좀 떨어져서 지켜볼 줄 알아야 한다는 것입니다.

 의학적으로 말하면 가까워지는 것을 '애착(Attachment)', 멀어지는 것을 ' 탈착(Detachment)'이라 부릅니다. 엄마와 자녀의 건강한 관계는 애착에서 탈착으로 자연스럽게 넘어가고, 필요에 따라 애착과 탈착이 교류될 때 이루어집니다. 자연스러운 애착과 탈착의 흐름을 방해하는 대표적인 장애물이 '밀착(Over attachment)'입니다. 애착이 일정한 틈이 있는 모성이라면 밀착은 조금의 틈도 없는 모성입니다. 밀착하는 엄마 곁에 있는 아이는 몸도 마음도 숨이 막힙니다.

 밀착은 요즘 드물지 않게 볼 수 있는 모성의 모습입니다. 대가족 속에서 자녀를 서너 명 이상 낳아 기르던 시대의 어머니들이 보여준 사랑은 밀착보다는 애착에 가까웠습니다.

아이가 여럿이면 한 명 한 명에게 밀착할 여력이 없습니다. 또 자녀가 이렇게 자랐으면 좋겠다는 부모의 기대와 욕구를 여러 자녀가 나누어 충족시켜 주었습니다. 자녀 가운데 살가운 아이가 있는가 하면 씩씩한 아이도 있고, 공부를 잘하는 아이가 있으면 춤과 노래를 잘하는 아이도 있습니다.

그런데 지금처럼 자녀가 하나 혹은 둘이라면 아이에게 향하는 물리적인 시간이 훨씬 늘어납니다. 또 예전의 엄마들이 자녀들에게 했던 기대를 한 자녀에게서 모두 충족하려는 성향을 보입니다. 내 아이가 똑똑하고 운동도 잘하고 씩씩하고 부끄럼도 없고 어른들 말도 잘 듣기를 바라는 식이지요. 그러니 기대를 모두 충족하는 아이로 키우려면 아이에게 밀착할 수밖에 없지요.

아이를 돌보면서 생기는 여러 변수에 대한 대처도 많이 달라졌습니다. 전통적으로 삼대가 모여 사는 대가족 시대에는 아이가 갑자기 열이 나거나 아프면 온 식구가 나섰습니다. 육아 경험이 풍부한 할머니나 고모가 아이를 돌봐주면서 엄마의 수고를 덜어주었습니다.

'독박 육아'라는 신조어가 생겨난 요즘에는 아이가 아프기라도 하면 오로지 엄마 한 사람의 몫입니다. 엄마의 불안이 당연히 높을 수밖에 없습니다. 불안이 커지면 엄마는 그 불안을 없애기 위해 더욱 아이 옆에 붙어서 살피고 걱정합니다. 요즘 엄마들이 애착을 넘어 밀착으로 강화될 수밖에 없는 까닭입니다.

만약 요즘 엄마들이 옛날에 태어났다면 좀 더 편안하게 아이와 애착 관계를 맺을 수 있었을 것입니다. 반대로 옛날 엄마들이 오늘날과 같은 가족 구성 속에서 아이를 낳는다면 밀착 관계를 형성할 것입니다. 즉 밀착은 타고나는 모성이 아니라 세상의 변화에 적응한 경험적 모성일 뿐입니다.

✦ 아이와 떨어지는 연습 ✦

사회 변화에 따라 변화되는 모성은 자연스러운 현상입니다. 그러나 기본적으로 건강한 부모 자식 관계는 밀착과 애착, 탈착이 아이의 성장에 따라 단계별로 옮아가는 한편, 자녀의 자아 강도와 상황에 따라 이 세 가지가 적절히 나타나는 것입니다.

가장 중요한 것은 탈착, 어떻게 떨어지느냐인데, 쉬운 일이 아닙니다. 아이가 어릴 때는 엄마 품에서 떠나서는 안 되고, 자라서는 손에서 떠나서 안 되며, 커서는 마음에서 떠나서는 안 된다는 말이 있습니다. 아이의 성장 단계에 따라 엄마가 떨어져야 하는 거리를 빗댄 말입니다.

동물계에서 어미는 일정 시기가 되면 매정하리만치 새끼를 떼어냅니다. 그러나 자세히 들여다보면 어미는 차근차근 새끼의 독립을 준비합니다. 조류의 경우는 새끼의 날개 깃털이 비행이 가능할 만큼 자라면 어미가 비행 시험을 보이고, 육식 포유류는 새끼에게 사냥 연습을 시킵니다. 그리고 시기가 무르익으면 새끼는 어미에게서 과감히 벗어나 홀로서기를 합니다. 모성 본능과 새끼의 생존 본능이 자연스럽게 독립 시기를 결정하는데 이는 한편으로 새끼가 스스로 살아남기 위한 진화의 결과입니다.

우리 인간도 이와 다르지 않습니다. 아이의 성장과 정신적 성숙의 정도를 살펴보면 엄마와 아이가 떨어져야 할 시기가 언제인지 드러납니다. 아이가 엄마 말을 듣지 않는 것은 자기만의 생각, 즉 자아 형성이 시작되었음을 뜻합니다. 보통 지능과 행동 발달이 활발해지는 3~4세 무렵이 그 시작입니다. 부모는 아이의 자기주장을 고집이라고 생각하는데, 처음에는 달래다가 점차 훈계하고, 결국 큰소리로 아이를 제압하려고 합니다.

이 시기에 정신과에서 권유하는 부모의 태도는 'warm & firm' 즉 따뜻하지만 단호한 훈육 방식입니다. 아이의 감정과 생각은 존중하되, 행동의 범위는 규칙을 세워 지키도록 하는 것입니다 '유아 사춘기'인 이 시기를 잘 넘겨야 본격 사춘기도 잘 지나갈 수 있습니다.

이후 부모가 자녀에게서 떨어져야 하는 시기를 보면, 사춘기-성년이 되는 스무 살-결혼 등 크게 3단계로 나눌 수 있습니다. 초등 고학년에서 중등 무렵의 사춘기 아이들은 거친 말투와 감정적인 행동을 보입니다. 당혹스럽지만 '우리 아이가 이제 부모에게서 떨어지려고 하는구나'라고, 성장의 징표로 받아들여야 합니다.

그다음으로 사랑을 덜어내야 하는 시기가 성인이 되는 스무 살 무렵입니다. 대학에 들어가거나 취업을 하면서 아이들은 스스로 인생 설계를 하게 되고, 성인으로 인정받고 싶은 욕구가 강해집니다. 부모는 그만큼 아이의 자유와 자율성을 지켜주면서 멀어지는 연습을 해야 합니다. 마지막으로 자녀가 결혼하게 되면 부모는 제2의 탯줄(마음의 탯줄)을 끊는 심정으로 완전한 독립을 응원해줘야 합니다.

부모의 애착을 100으로 보았을 때 사춘기-성년이 되는 스무 살-결혼, 각각의 3단계에서 30%씩 멀어지는 연습을 했다면 10%가 남습니다. 이 10%의 관심으로, 그리고 100%의 믿음으로 부모는 성년이 된 자녀를 지켜보아야 합니다. 아이가 태어난 뒤 성인이 될 때까지 부모는 늘 한결같은 사랑을 주고 싶어 하지만 아이들은 성장 단계에 따라 그것을 간섭과 억압으로 느끼게 됩니다.

건강한 모성은 애착을 거쳐 탈착으로 자연스럽게 이행하는 과정에서 생겨납니다. 양육의 최종 목적은 '아이의 건강한 홀로서기'에 있습니다. 아이와 떨어지는 연습은 아이의 바른 성장을 위한 엄마의 필수 선택입니다.

아버지라는
존재

◗ ✦ ◖

　나에게 조울증 치료를 받은 분이 있습니다. 그의 아버지는
대학교수 출신에 장관을 지냈을 만큼 사회적 지위와 명망이
높았지요. 큰 나무 아래서는 어린 나무가 잘 자라지 못한다고
합니다만, 이분 또한 아버지의 기대에 부응하느라 어릴 적부
터 심리적인 압박을 받았습니다.

　치료가 잘되지 않아 선배 의사에게 도움을 요청했는데 그
선배의 말인즉, "아버지가 죽으면 됩니다"라는 것입니다. '아
버지'라는 존재를 극복해야 한다는 뜻이었지만 그만큼 쉽지
않다는 말이기도 했습니다. 결국 아버지가 노환으로 돌아가
신 뒤에야 자연히 치료되었습니다. 극단적인 '아버지 콤플렉

스'의 사례이지만, 그만큼 아버지의 역할이 자녀에게 미치는 영향은 매우 깊고 넓습니다.

분석심리학에서 아버지의 역할은 흥미로운 연구 주제입니다. 사회 흐름에 따라 아버지의 역할은 조금씩 변화되어 왔습니다. 가부장제와 남성성이 강조되는 사회에서의 아버지는 권위적이고 강한 모습이었습니다. 경제가 발전하면서 가족의 생계를 도맡은 아버지는 가정의 중심이었습니다.

아버지의 생계 부양과 어머니의 자녀 양육으로 역할이 나뉘던 시대, 권위적인 아버지의 말과 행동에 상처받고 심한 경우 트라우마로 평생 마음고생하는 이도 많습니다. 전적으로 시대와 사회 탓으로 돌려서는 안 되지만, 이 시대의 아버지들도 전통적인 사회 인습과 남녀 역할에 길들여졌다는 점에서는 조금 억울한 면도 있습니다.

다행히 요즘 우리 사회의 달라진 남성상과 아버지상은 희망적입니다. 남녀평등 교육을 받으며 성장한 젊은 부부들은 공평하게 육아에 참여하는 추세입니다. 심리학에서는 '아빠 효과(Father Effect)'라고 하여 아버지의 역할을 강조합니다. 자녀의 성격, 행동, 언어, 가치관 등에 미치는 아버지의 긍정적 영향력을 말합니다.

영국 국립아동발달연구소는 1958년도에 태어난 1만7000
여 명을 33세까지 추적 조사한 끝에, 삶의 만족도가 높고 안
정적이며 행복감을 많이 느끼는 이들일수록 어릴 적부터 아
버지와 좋은 관계를 맺고 있다는 연구 결과를 발표한 바 있
습니다. 분석하면, 엄마는 주로 정서적인 보살핌을 담당하는
한편 아빠는 몸을 쓰는 놀이를 통해 아이를 돌보는 것으로
나타났습니다. 또 좌뇌가 발달한 남성의 특징상 아빠는 엄마
보다 논리적인 문제 해결에 더 뛰어났습니다.

　연구 사례를 하나 더 들어보면, 1999년 윌리엄스 에디와 라
딘 노엄 박사의 논문입니다. 이 연구에서는 아버지가 설거지
나 청소 등 집안일에 참여하고 숙제를 함께 해주는 등의 방
법으로 육아에 적극 참여한 경우, 그렇지 않은 경우보다 아이
들의 학업 성취도와 지능이 더 높은 것으로 밝혀졌습니다. 5
세부터 18세까지 아이들의 성장을 좇으며 20여 년간 이뤄진
연구 결과입니다.

　엄밀하게 말하면 두 연구 사례 모두 엄마, 아빠의 양육이
균형을 이룬 결과로 보아야 할 것입니다. 그런데 한편으로 아
버지와 어머니의 역할 분담이 조금 더 분명해질 필요가 있다
는 주장도 있습니다. 부모의 양육 태도가 아이의 정체성과 성

격 형성에 절대적인 영향을 미친다는 점에서 보면 최근 '좋은 아버지'에 대한 기준이 '따듯하고 부드러운 아버지'로 국한되는 경향에 대한 조심스러운 우려입니다. 친구 같은 아버지와 훈육자로서의 아버지 모습이 균형을 이뤄야 아이가 부드러움, 단호함 등을 고루 경험하게 된다는 말입니다.

✦ 아이와 함께하는 시간을 늘려라 ✦

육아 휴직과 부부 공동 양육으로 자녀와 아버지가 함께 보내는 시간이 점점 늘고 있습니다. 그러나 젊은 아버지들은 당황스럽기도 합니다. 전통적인 무뚝뚝한 아버지 밑에서 자랐지만 시대가 요구하는 친근한 아버지로 양육에 참여해야 하는 이른바 '긴 세대'이기 때문입니다. 그들에게 내가 내리는 처방은 아이와 함께 있는 시간을 즐기되, 인내심을 가지고 지켜보라는 것입니다.

한 맞벌이 부부가 아들이 태어나자 인근에 사는 외조부모에게 아이를 맡겼습니다. 평일에는 할머니, 할아버지가 아이를 돌보고 주말에만 집으로 데려왔습니다. 부모의 집으로 완전히 옮겨 온 때는 초등학교 6학년, 사춘기가 시작될 무렵이었습니다.

이때부터 문제가 생겼습니다. 아이와 아버지가 부딪치는 일이 잦아졌습니다. 오냐오냐 아이를 감싸며 키운 조부모와 다르게 아버지는 '이건 하지 마라', '이걸 해라' 금지하고 요구하는 일이 많았기 때문입니다. 그런 아들과 남편을 지켜보는 아내의 마음도 편하지 않았습니다.

부자 관계가 좋아지려면 어떻게 해야 할지 고민이 되어 상담실을 찾은 부부에게 나는 등산을 권했습니다. 아버지와 아들, 단둘이 산에 가되 꼭 필요한 경우가 아니면 말을 많이 하지 말라는 단서를 달았습니다.

내 말대로 아버지는 주말마다 아들과 함께 산에 다니기 시작했습니다. 산행 중에 말을 많이 하지 말라는 제안도 지켰습니다. 부자는 서울 근교의 산을 도장 깨기를 하듯 하나씩 정복해나갔습니다. 그사이 아들은 아버지에게 조금씩 마음을 열었습니다. 그렇게 3년, 부자는 일상의 자잘한 이야기를 나누는 친밀한 관계로 발전했습니다.

등산은 아버지와 아들이 소통하고 서로 믿음을 키우는 좋은 매개체가 되었습니다. 집 안에서 집 밖으로 환경을 바꾸자 아버지의 마음이 여유로워졌고 아들을 바라보는 시선도 관대해졌을 것입니다. 만약 집에서만 문제를 풀고자 했다면 갈등은 심해졌을지도 모릅니다.

등산을 제안한 이유가 여기에 있습니다. 사람은 접촉의 존재입니다. 얼굴을 맞대는 시간이 있어야 서로를 이해할 수 있습니다. 그러나 접촉의 질을 잘 살펴야 합니다. 집에서는 함께하는 시간이 많아 보이지만 아이는 자기 방에, 부모는 거실에 있는 등 각자의 공간에 있는 시간이 더 많습니다.

겨우 식사 시간에 마주 앉더라도 부모는 아이가 해야 할 일부터 눈에 들어오니 지적부터 하게 되고, 아이는 이것을 잔소리로 받아들입니다. 스트레스를 받은 아이는 본능적으로 부모를 피하게 되는데, 이런 악순환으로 부모와 자식 간에 오해와 미움이 쌓이게 되는 것입니다.

등산을 시작하면 집으로 돌아오는 순간까지 함께 있어야만 합니다. 탁 트인 산의 분위기, 시시각각 달라지는 풍경 속에서 아이의 오감은 활발해지고 모든 것에 마음이 열립니다. 기분이 좋으면 받아들임의 폭이 넓어집니다. 잔소리도 적어지고 가끔은 서로에게 도움을 요청할 일도 생깁니다. 비탈에서는 손도 잡아줘야 하고 뒤처지면 기다려줘야 하고 목이 마르지는 않은지 상대의 기분을 살피게 됩니다.

아버지에게 말을 많이 하지 말라고 당부했던 것은 아이

마음이 자연스럽게 열리기를 기다리라는 뜻이었습니다. 그냥 함께 옆에 있어주기, 그 자체만으로도 충분한 대화가 이뤄집니다. 억지로 말을 붙이기보다 각자 산을 즐기면서 형성되는 동감과 공감이 서로를 있는 그대로 긍정하게 만드는 것입니다.

✦ 엄격한 아버지, 무관심한 아버지, 친구 같은 아버지 ✦

오래전 방송에서 아빠가 자녀의 친구 이름, 자녀가 좋아하는 음식, 싫어하는 것 등을 맞히는 퀴즈 프로그램을 본 일이 있습니다. 아빠가 정답 대신 엉뚱한 답을 늘어놓으면 폭소가 터지곤 했습니다. 아빠의 무관심을 꼬집은 것이지요.

화초 하나를 키우는 데도 많은 정보가 필요합니다. 열대 식물인지 아닌지, 물은 얼마나 자주 줘야 하는지 알아야 잘 가꿀 수 있습니다. 사랑은 아끼고 좋아하는 마음만으로 완성되지 않습니다. 그 방법을 알아야 합니다.

아이를 알아야 사랑하는 마음을 행동으로 표현할 수 있습니다. 아이가 무엇을 좋아하고 싫어하는지, 지금 무엇을 원하는지, 누구와 친하게 지내는지, 무엇을 고민하고 있는지를 아는 것은 아이의 성격과 기질, 취향을 판단하는 중요한 지표가 됩니다.

보통 아버지란 존재는 '친구 같은 아버지'와 '무관심한 아버지', '엄격한 아버지'로 나눌 수 있습니다. 전형적인 구분이지만, 이 세 아버지가 적절하게 섞여서 아이의 성격과 기질 그리고 상황에 따라 대응하는 방법을 달리하는 것이 가장 이상적입니다.

요즘 사회에서 가장 이상적인 아버지로 분류되는 '친구 같은 아버지'는 자칫 만만하게 보일 수 있습니다. 자녀 중심으로 모든 일이 이뤄질 가능성이 높고, 자녀의 선택과 판단을 따르는 것을 좋은 아버지의 조건으로 호도하기도 합니다.

무관심한 아버지는 최악의 유형으로 더 말할 것도 없습니다만, 자녀와 관계된 일에 적당히 눈감아 줘야 할 때가 있습니다. 자녀의 자존감을 세워줘야 하는 상황에서는 알고도 모른 척해야 합니다. 특히 사춘기 아이들에게는 적당한 무관심이 내면을 성숙하게 만드는 데 더 도움됩니다.

엄격함도 좋은 아버지의 필요조건입니다. 엄격함을 체벌과 연결지어 생각하기 쉬운데 이는 잘못입니다. 여기에서 엄격함이란, 아이의 잘못된 행동과 습관, 가치관을 제어하기 위한 단호함을 말하는 것입니다.

이 세 가지를 더한 '부드럽고 단호한 아버지'가 현대 사회에 필요한 가장 이상적인 아버지가 아닐까 싶습니다. 아이의 말에 충분히 귀 기울이는 아버지, 아이의 미숙함으로 일어난 일은 눈감아 주는 아버지, 잘못된 행동은 단호하게 가르쳐주는 아버지, 원칙을 따질 때는 무조건 금지하는 게 아니라 설득하는 아버지, 자신의 잘못에 대하여 사과하고 미안해할 줄 아는 아버지.

화초가 잘 자라려면 어떻게 해야 할까요. 흙이 메말랐을 때는 물을 흠뻑 줘야 하고 한여름 뙤약볕에서는 얼른 그늘로 옮겨야 하며 거센 바람은 막아줘야 합니다. 아버지의 사랑도 이와 같습니다. 아이에게 가장 좋은 아버지는 아이의 몸과 마음이 잘 성장할 수 있도록 그때그때 상황에 맞게 물과 햇빛, 바람을 잘 조절해주는 것입니다.

마지막으로 당부를 드리면, '나는 이러이러한 아버지가 되겠다'는 상(像)에 지나치게 얽매이지 말기를 바랍니다. 돌아보면, 나는 아이들에게 민주적인 아버지가 되고 싶었습니다. 아이들의 말에 귀 기울였고 모든 것을 아이들과 대화로 결정하려고 노력했습니다. 내 나름의 자부심도 있었습니다.

그런데 어느 일요일, 녹음기를 숨겨두고 하루 종일 집 안에서 오가는 대화를 녹음해 들어보았습니다. 깜짝 놀랐습니다. 내 목소리가 가장 많이 들렸고 대부분이 이래라저래라 하는 잔소리였습니다. 오히려 아이들이 나를 참아주는 격이었습니다. 나는 머릿속으로만 민주적인 아버지였던 것입니다. 어떤 아버지가 되겠다는 다짐이 때로는 판단을 흐리게 할 수도 있음을 알게 된 일이었습니다.

한편 우리 주위에는 아버지의 부재에도 건강하게 잘 성장한 이도 많습니다. 아이들에게는 결핍조차 성장의 거름으로 쓰는 긍정의 씨앗이 숨어 있습니다. 미국의 최초 흑인 대통령인 버락 오바마는 홀어머니 밑에서 자랐습니다. 그가 아버지에 대해 이런 말을 했다고 합니다.

"나는 아버지를 잘 모릅니다. 어머니를 통해서만 아버지 이야기를 들을 수 있었습니다. 내 아버지는 완벽한 분은 아니었더군요. 다만 아버지를 통해 사람은 살면서 실수를 저지른다는 것을 알게 되었습니다. 분명한 것은 나는 아버지의 아들이기에, 아버지의 실수에서 무언가를 배울 기회를 얻게 되었다는 것입니다."

이 이야기를 들려드리는 것은 자녀에게 최선을 다하되, 부모나 아버지로서 너무 완벽해지려고 애쓰지 말라는 뜻에서입니다. 스스로 자라고 성장하는 아이들이 지닌 내면의 힘을 믿으면, 완벽한 아버지로서의 짐을 조금은 내려놓을 수 있을 것입니다.

부모의 불안 속에
감춰진 마음

◗ ✦ ◖

교육학을 전공한 제자가 우리나라 엄마들의 지나친 교육열을 문제 삼은 적이 있습니다. 그런데 그 제자가 결혼을 한 뒤 학부모가 되어 나를 찾아왔을 때는 생각이 좀 달라져 있었습니다. 아이를 키워보니 엄마들이 왜 그토록 교육에 몰두할 수밖에 없는지 이해가 간다고 했습니다.

"선생님, 요즘 엄마도 아이도 참 안됐어요. 적어도 초등학교 가기 전까지는 건강하게 잘 놀면 된다고 생각했는데 실상은 그렇지 못하거든요. 몇 살에 한글을 떼야 하고 몇 살에 영어를 시작해야 하고 피아노와 태권도 같은 예체능 교육도 빠트리면 안 되고…. 무시하고 싶지만 안 할 수도 없는 분위기

예요."

 교육에 대해 나름의 신념을 가진 제자도 '안 할 수 없게 한' 그 마음은 어디에서 비롯된 것일까요? 바로 아이의 미래에 대한 불안입니다. 불안은 뭔가 잘못되거나 불행이 닥칠 것 같은 막연한 걱정을 말합니다. 누구도 미래에 무슨 일이 일어날지 모릅니다. 이런 불확실성이 불안을 일으키고 이런저런 대비책을 세우게 만듭니다.

 불안이 지니는 긍정적인 면도 있습니다. 역사적으로 불안은 목숨을 위협하는 수많은 위험 속에서 인류를 살아남게 한, 생존과 문명 발달의 추동력이었습니다. 그러나 죽음에 대한 위험이 현저히 줄어든 현대 사회에도 불안의 기제는 달라지지 않았습니다. 오히려 부와 가난, 성공과 실패를 삶의 의미로 삼는 사회 분위기 속에서 개인은 또 다른 생존 문제에 직면해 있기 때문입니다.

 심리학자 롤로 메이는 "현대 사회의 가장 절박한 문제는 불안이다"라고 말했습니다. 남녀노소를 막론하고 불안의 그림자를 껴안고 살아가는 인간 심리를 그는 정확하게 꿰뚫고 있습니다.

 부모가 자녀에 대해 느끼는 불안의 뿌리에는 깊은 애정이 있습니다. 특히 모성의 경우 아이를 안전하게 양육하려는 본능이 더 강합니다. 엄마는 아이가 걸어가는 길에 숨어 있는 모든 위험 요소를 미리 제거해서 안전한 길로 이끌어주려고 합니다. 현대 사회에서 높은 학력은 부와 성공으로 가는 안전한 길처럼 보입니다. 이 점에서 엄마의 교육열은 지극히 당연해 보입니다.

여기에는 문화적 영향도 한몫합니다. 아이와 엄마의 삶을 별개로 생각하는 서양의 가족문화와 다르게 우리는 아이와 엄마의 삶을 동일시하는 경향이 더 강합니다. 즉 아이가 행복하면 엄마도 행복하고 아이가 불행하면 엄마도 불행하다고 느낍니다.

문제는 자신들이 세운 행복의 기준을 일방적으로 따르기를 바란다는 데 있습니다. 이때 아이들이 기대만큼 따라주지 못하면 대부분의 부모는 아이 탓을 하게 되면서 갈등이 생기는 것이지요.

✦ 불안의 원인을 알면 불안을 다스릴 수 있다 ✦

장성한 자녀가 있는 부모들이 흔히 하는 말이 있습니다. 아이를 키울 때 걱정하고 불안해하던 일이 지나고 보니 대부분

기우였다는 것입니다. 어떤 부모들은 유아기 때 또래 아이들보다 성장이 더디거나 늦게 걷거나 말이 늦어서 걱정합니다. 친구들과 어울리지 못하거나 부끄럼이 많다며 사회성을 걱정하기도 합니다.

앞에서 말한 나의 제자도 아이가 간혹 유치원에 가지 않겠다고 했는데, 그때마다 아이의 사회성이 부족해질까 봐 억지로 유치원에 보냈다고 합니다. 이제 겨우 다섯 살인데 유치원에 가고 싶지 않은 날이 왜 없었을까요. 우리 어른들도 회사에 가기 싫은 날이 있고, 어떤 때는 아프다고 둘러대고 결근하기도 하잖습니까. 그런데 아이들에게는 왜 어른과 똑같은 그 감정을 용납하지 못하는 것일까요?

'불안'은 신경 쓰고 집중할수록 커지는 감정입니다. 부모는 아이에게 어떤 교육을 시키느냐에 앞서 자기 안의 불안감을 잘 다룰 줄 알아야 합니다. 아이의 정서적 안정만큼 부모의 정서적 안정도 중요합니다. 부모 스스로 자기 안의 불안을 건강하게 관리해야 자녀 양육에서 일어나는 크고 작은 문제에 보다 합리적인 선택을 할 수 있습니다.

불안을 관리하는 방법은 첫째, 자녀에 대한 불안감을 자연스러운 감정으로 바라보는 것입니다. 인간의 뇌는 일단 불안감을 느끼면 이를 없애려고 온갖 노력을 기울이는데 그게 지나치면 부정적인 결과가 일어나기도 합니다. 이렇듯 의도하지 않은 결과를 줄이려면 먼저 나의 불안을 알아차려야 합니다. 그래야 불안에 끌려가지 않고, 상황에 맞는 바른 판단과 선택을 할 수 있게 됩니다.

가령 고학력과 경제적 부가 직결된다고 믿는 사회 분위기 속에서 부모는 어떤 선택을 할 수 있을까요? '내 아이만 뒤처질 수 있다'는 불안감에 쫓기면 아이의 교육에 모든 것을 '올인'하게 됩니다. '현재의 아이'는 없고 '미래의 아이'만 좇는 격입니다. 하지만 아이에 대한 걱정을 있는 그대로 인정하면, 마음에 여유가 생깁니다. 자연스럽게 아이를 바라보는 시각이 넓어지고 아이를 중심으로 한 교육 방법을 고민하게 됩니다.

둘째, 스스로를 괜찮은 엄마라고 다독일 줄 알아야 합니다. 모든 엄마는 자신이 아이의 미래를 망칠까 봐 걱정하고 불안해합니다. 불안은 스스로를 부족한 엄마라고 느끼게 합니다. 그래서 아이가 기대한 만큼 성장하지 못하면 그 책임이 모두 자신에게 있다고 생각합니다. 이러한 자책감은 결과적으로 자녀에게도 해로운 영향을 끼칩니다.

어떤 부모라도 자녀에게 완벽한 양육 환경을 제공해줄 수는 없습니다. 아이러니하지만, 세상 모든 부모가 가진 조건들은 그 자녀만이 가지는 성장의 조건입니다. 아이의 바른 성장은 자기에게 주어진 상황을 있는 그대로 긍정하고, 이를 발전의 기회로 삼도록 이끄는 데 있습니다. 그 힘은 바로 부모가 키워주는 것입니다.

셋째, 불안의 원인과 뿌리를 냉정하게 들여다봐야 합니다. 불안은 불확실한 미래와 아이에 대한 사랑에서 온다고 했는데, 좀 더 깊은 곳에 나의 방어 기제가 숨어 있을 수도 있습니다. '자아 방어 기제'는 정신 분석가 프로이트의 딸 안나 프로이트가 만든 개념입니다. 자신의 약점을 방어하기 위한 '마음의 갑옷'이라고 생각하면 됩니다.

우리나라 사람들에게만 있는 독특한 방어 기제가 바로 '허세'입니다. 비교를 통해 '내가 너보다 낫다', '우리 집이 너희 집보다 낫다'라는 생각이 들 때 기분이 좋아지는 게 우리 문화입니다.

'내가 너보다 낫다'는 것을 내보이는 가장 대표적인 지표 가운데 하나가 '자식'입니다. 자식의 학력이나 직업, 재산, 권력이 주위 사람보다 나아야 행복감을 느끼는 것입니다. 이때 나의 불안은 아이 때문이 아니라 부모 자신이 원인 제공자인 셈입니다. '아이가 내 욕망을 채워주지 못할까 봐 조바심 내며 아이를 닦달하는 것은 아닐까?' 이런 성찰을 자주 하게 되면 부모는 매 순간 아이를 덜 통제하고 간섭하게 됩니다.

넷째, 지금 내 삶에 대한 만족도가 불안의 원인이 되기도 합니다. 현재 나의 사회적 지위나 집에서의 역할에 만족하지 못할수록 아이를 향한 엄마의 불안이 높아집니다. 자신의 과거를 아이가 되풀이하게 될까 두렵기 때문입니다.

'너는 제대로 공부해서 엄마처럼 살지 말라'는 말을 많이 들어보았을 것입니다. 이 불안감이 아이에게 몰두하는 동기가 되고, 아이의 성적에 연연하는 엄마를 만듭니다. 내가 공부만 제대로 했었어도 더 나은 사람, 더 나은 지위, 더 풍요로운 삶을 살 수 있었을 것이라는 후회가 아이로 하여금 '쓸데없는 짓 하지 말고 공부만 하라'고 부추기는 것입니다.

이와 반대로 현재 나의 사회적 지위나 집에서의 역할에 만족해도 아이에 대한 불안이 생길 수 있습니다. 내 아이도 나와 똑같은 안정된 길을 걷게 하고 싶은 마음이 커지기 때문입니다. 내가 못한 것을 아이가 하게 하려는 마음과 마찬가지로 내가 누리는 것을 아이도 똑같이 누리게 하려는 마음 역시 아이에 대한 불안을 일으킵니다. 뉴스를 장식하는 고위공직자들의 자녀에 대한 불법과 편법은 대부분이 이러한 불안이 만들어내는 현상입니다.

마지막으로 정보 과잉에서 오는 불안은 아닌지 살펴보고 경계해야 합니다. 요즘은 육아와 양육에 대한 정보가 지나칠 만큼 넘쳐납니다. 유명인의 자녀교육, 유대인식 교육, 지능 계발, 인성 교육, 놀이 교육, 유치원 때부터 시작하는 명문대 입시 공부법 등. 과연 이런 수많은 교육법을 모두 따르면 우리가 원하는 '완벽한 인간'으로 성장할 수 있을까요?

언젠가 후배 의사들에게 요즘 부모는 아이의 병명과 처방까지 다 알아서 꿰고 오는 경우도 많다고 들었습니다. 잘못된 정보 때문에 종종 심각한 부작용이 일어나기도 한답니다. 바로 정보 과잉의 부작용입니다.

다양한 정보가 지니는 긍정적인 면도 있지만, 내가 아는 정보에 대해 한 번쯤 의심해봐야 합니다. 우리 사회에는 현대인의 불안 심리를 이용한 상품과 정보들이 알게 모르게 퍼져 있습니다.

불안은 마음의 연약한 틈을 파고 들어옵니다. 이 불안을 긍정적인 힘으로 전환시키려면 부모 자신과 자녀에 대한 단단한 믿음이 있어야 합니다. 모든 교육의 긍정적 효과는 바로 아이의 정서적 안정에서 비롯된다는 점을 기억하면, 부모가 선택할 수 있는 범위는 보다 분명해집니다.

강박 증세로 나를 찾아온 한 여자아이가 생각납니다. 초등학생인 아이는 늘 100점만 맞을 만큼 공부를 잘했답니다. 그런데 어느 날 한 과목에서 99점을 받고는 담임 선생님을 찾아가 100점으로 바꿔 달라고 울며불며 떼를 썼습니다. 뭔가 이상하다고 직감한 선생님은 엄마에게 아이의 정신과 상담을 권했던 것이지요.

나는 엄마에게 아이의 일과를 물었습니다. 학교 수업이 끝나면 엄마가 싸준 점심 도시락을 먹고 영어·수학·피아노 학원을 차례로 거쳐 저녁 무렵에야 집으로 돌아오는데, 오자마자 방문 교사의 보충 수업을 듣는다고 했습니다. 잠시도 쉴 틈 없는 일정이었습니다.

나는 아이 엄마에게 아침 9시부터 저녁까지 수영과 악기 연주, 노래 강습, 요가, 영어 회화 등 취미 시간표를 짜줄 테니 한번 해보겠느냐고 물었습니다. 엄마는 대뜸 "선생님, 이걸 어떻게 하루에 다 해요"라고 하더군요. 아이도 하는데 엄마는 왜 못 하느냐고 하자, 그제야 내 말뜻을 이해했는지 아이에게 이렇게 말했습니다.

"너 힘드니까 수업 하나 줄일까?"

아이의 얼굴이 금방 밝아졌습니다.

"정말? 그럼 나 피아노 안 할래!"

그런데 아이는 금방 또 시무룩해졌습니다.

"그럼, 나 피아노 대신 웅변 학원에 다닐까?"

엄마의 기대에 어긋나지 않으려는 심리와 한 번도 자기 마음대로 시간을 써보지 못한 수동성이 아이를 강박으로 몰아넣고 있던 것입니다. 엄마와 아이 모두 자신도 모르게 고통스러운 생각과 행동에 집착하는 전형적인 강박의 사례입니다.

부모의 가치관은 아이에게 큰 영향을 미칩니다. 특히 자녀가 어릴수록 부모의 감정은 그대로 전달됩니다. 화, 우울감, 불안과 같은 감정은 더 잘 전달됩니다.

부모의 불안을 아이가 어떻게 전달받느냐에 따라, 그것은 아이를 살리는 약이 될 수 도 있고 아이를 해하는 독이 될 수도 있습니다. 부모는 자녀 양육에서 불가피하게 맞닥뜨리는 크고 작은 불안을 어떻게 다루고 있는지 스스로 자주 돌아봐야 합니다.

2장

부모만 모르는
내 아이 속이 궁금할 때

아버지, 학자, 의사, 남편, 교직원, 아들… 나의 인생을 돌이켜보면 수많은 역할과 책임으로 이어져 왔습니다. 그러다보니 퇴직하기 전까지, 특히 나의 30~40대를 돌아보면 머릿속이 휑할 때가 있습니다. 너무 바쁘게 살아서 아무것도 기억나지 않는 거지요. 지금 생각해보면, 한창 일하느라 아이들과 함께 할 수 있는 것들을 놓치진 않았는가 하는 생각도 듭니다. 열심히 일만 하기보다 아이와 나누는 시간이 삶을 풍요롭게 만듭니다.

내 아이에 대해
잘 알고 있나요?

◗ ✦ ◖

정신과 전문의로 많은 사람을 만나면서 한 사람 한 사람의 삶이 참 귀하다는 생각을 자주 하곤 합니다. 흉악한 범죄자일 지언정 그들의 사연과 마음속 이야기를 들어보면 안타까움과 연민이 일어나지요.

아내를 칼로 찔러 교도소에 다녀온 40대 중년 남자를 진료한 일이 있습니다. 당시 상황을 말해줄 수 있냐고 했더니, 아내가 물을 떠다 주지 않아 화가 났다고 했습니다. 모든 것이 자기 뜻대로 움직여야 한다는 중년 남자의 자기중심적 사고 뒤에는 그의 어머니가 있었습니다.

어머니는 손이 귀한 집에서 마흔 넘어 낳은 아들을 애지중지 키웠습니다. 아들이 어릴 때부터 원하는 건 다 들어주었다고 합니다. 그러나 아내는 어머니가 아니었습니다. '물 좀 가져오라'는 요구를 여러 번 무시당하자 격분한 나머지 칼을 휘두르고 말았습니다. 그는 "이게 다 어머니 때문이에요"라고 엄마를 원망했습니다. 무엇이 잘못인지조차 모르는 남자는 스스로 자신의 자아를 돌보는 데 서툰 어른아이였습니다.

보통 학계에서는 5세 전후로 자아의 기초가 완성된다고 봅니다. 즉 아이는 자신의 의지로써 성장하는 것이 아니라 부모의 의지대로 양육된다는 것입니다. 그런데 여기에서 한 가지 짚고 가야 할 것이 있습니다.

우리가 흔히 말하는 자아는 무엇일까요? 나는 부모가 되기 위한 준비로 '자아 공부'를 해야 한다고 강조합니다. 자아의 개념과 형성 과정, 긍정적인 자아는 무엇이고 어떻게 변화하는지 알아야 합니다. 이 공부가 선행되어야 자녀 양육의 틀과 방향을 세울 수 있습니다.

우리는 이미 조건 없는 사랑이 양육의 최선이 아님을 알고 있습니다. 여기에서 조금 더 나아가야 합니다. 이는 사랑을 주는 방식에 대한 고민이며, 그 시작은 부모 자신과 아이의 자아에 대한 관찰과 공부에서 비롯됩니다.

2장 부모만 모르는 내 아이 속이 궁금할 때

건강한 자아를 가진 이들은 어떤 문제의 원인이 과거에 있을 때 그것에 지나치게 얽매이지 않습니다. 그렇다고 아예 외면하거나 부인하지 않습니다. 또 자기 생각과 다르다고 무조건 거부하거나 부정, 비난하지 않습니다. 적절한 수용과 비판을 거쳐 판단하고 행동합니다.

고운체가 알맹이만 남기고 물을 흘려 버리는 것과 같다고 할까요. 자아는 타고나는 면도 있지만, 스스로 자아를 인지하고 관리하는 후천적인 힘이 더 중요합니다. 그 힘을 키워줄 수 있는 강력한 후원자가 바로 부모입니다.

앞에서 이야기한 미성숙한 자아를 가진 중년 남자는 어떻게 되었을까요? 그의 불행이 전적으로 어머니 탓이라고 볼 수는 없습니다. 모든 일은 하나의 조건으로만 일어나는 것이 아닙니다. 만약 어머니 때문이라고 단정 지으면, 남자는 영영 어머니에게서 벗어나지 못할 것입니다. 어머니의 잘못된 양육 방식을 인정하되, 성인이 된 뒤 자신을 객관적으로 돌아볼 훈련과 기회가 없었음을 깨닫고 받아들여야 합니다.

다행히 그는 자신의 자아, 즉 성격과 상황을 바꿀 만한 충분한 인지력을 갖추고 있었습니다. 나는 치료의 시작으로 그와 함께 자아 공부를 시작해보자고 마음먹었습니다.

✦ 자아는 '마음의 눈높이'이다 ✦

우리가 흔히 인격이 높다, 낮다고 하는데 이는 '자아'와 연관이 깊습니다. 그러면 자아는 무엇일까요? 자아는 지각, 행동, 운동, 인지, 언어, 자극 조절 등 신경생리적인 과정을 말하며 이 모든 것을 뇌에서 종합하여 결정하도록 합니다.

정신 분석학자 프로이트는 사람의 의식 세계를 원본능(Id), 자아(Ego), 초자아(Super-ego)로 구별했습니다. 원본능은 본능적으로 가지고 태어나는 생물학적 충동(욕망)이며, 초자아는 사회적 환경에서 요구하는 가치와 행동을 말합니다.

자아는 원본능과 초자아를 중재하는 역할을 합니다. 집을 구하는 사람과 세를 주려는 집주인을 연결해주는 이른바 '부동산 중개소'의 역할이라고 할 수 있습니다. '하려는' 본능과 '못 하게 하려는' 초자아 사이에서 복덕방이 흥정을 붙이는 것처럼 중재 역할을 합니다.

예를 들어볼까요. 무더운 여름날 옷을 훌훌 벗고 거리로 나가고 싶은 마음이 본능이고, 옷을 입어야만 나가도록 하는 마음이 초자아입니다. 이 사이에서 자아는 적당히 노출된 옷을 입고 나가자고 중재합니다. 옷을 벗고 나가고 싶은 본능은 그래도 바깥에 나갈 수 있으니 자아의 제안을 받아들이고, 초자아도 완전히 갖춰 입은 정장은 아니지만 예의에 어긋나지 않은 옷차림을 수긍합니다. 그리하여 '나'는 적당히 시원한 복장으로 외출을 결정하게 됩니다.

이 세 가지 마음의 구조가 서로 잘 조화를 이루면 안정되고 평화롭지만, 갈등이 일어나 평형이 깨지면 마음이 긴장되고 급기야 병적인 증세를 일으킵니다. 만약 자아가 본능이나 초자아 어느 한쪽에 치우치면 이기주의자, 사회부적응자가 되어 다른 사람과 어울려 살지 못할 것입니다. '자아가 건강하다'는 것은 '나의 자아'를 주변 환경과 다른 사람에게까지 어느 만큼 확장하여 판단하느냐에 달려 있습니다.

정신 의학에서는 자아가 강하다거나 약하다, 혹은 성숙하다거나 미성숙하다고 표현합니다. 자아가 약하거나 미성숙하다는 것은 '현실 검증 능력'이 떨어진다는 말입니다. 정신 장애나 지능 부족과는 다릅니다. 자아가 현실을 왜곡하고, 그 왜곡된 지각을 진짜로 믿고 행동하는 것입니다. '난 잘못한 게 없는데 뭐가 잘못된 거야!'라고 생각하는 것이지요.

사실 대부분의 사람은 중간 정도의 자아를 지니고 있습니다. 옳고 그름이나 일의 선후, 완급을 잘 알면서도 막상 내 문제가 되면 '나'가 중심이 되어 욕심을 제어하지 못하는 것이지요. 하지만 잘못을 알면 고칠 줄도 압니다. 갈등하면서 잘못을 고치려고 노력하지요. 그래서 사람은 늘 새로운 출발이 가능하다고 말할 수 있습니다.

자아는 건축물처럼 그 기초가 튼튼해야 합니다. 기초가 튼튼하지 못하면 건물이 무너지듯 인격이 붕괴되는 순간이 오고 일생을 건강하게 살아갈 수 없게 됩니다. 성장기는 육체와 함께 자아의 기초와 높이가 형성되는 시기입니다. 자아의 높이가 낮은 아이들은 어른들이 볼 수 있는 것을 보지 못합니다. 이를 인정하면 내 아이의 떼쓰기, 막무가내식 행동, 소심함 등 그동안 문제점이라고 속상해했던 면들을 모두 당연하게 받아들이게 됩니다.

✦ 부모는 언제까지 기다려야 할까 ✦

부모가 자아를 공부해야 하는 이유 중 하나는, 아이들이 부모 혹은 주위에 중요하다고 여기는 사람(타인)을 모델로 삼아 영향을 받기 때문입니다. 부모가 건강한 자아를 가졌다면 아이는 자연스럽게 부모를 따라서 건강한 자아를 익히게 됩니다. 반대의 경우도 마찬가지이겠지요. 그래서 부모는 자신의 자아를 진지하게 살펴보고 '나는 어떤 유형의 사람인지' 공부해야 합니다.

대부분의 사람은 중간 정도의 자아를 지녔다고 말했습니다만, 이 경우 긍정적인 방향으로 자신의 자아를 다듬는다면 아이들에게 좋은 영향을 줄 것입니다. '부모는 아이에게서 배우고 함께 성장한다'는 말은 바로 이런 뜻입니다.

자아 공부를 바르게 한 부모는 아이의 말과 행동에 좀 더 주의를 기울이며, 포용력을 가지고 아이를 기다려줍니다. 내 아이만의 타고난 기질을 관찰하고, 이 기질이 긍정적으로 발현되도록 이끌어주는 양육법에 대해 고민할 것입니다.

교육 프로그램에 참여한 모자를 관찰한 일이 있습니다. 색종이와 색연필, 풀, 도화지 등 여러 도구를 사용하여 만들고 싶은 작품을 완성하는 작업이었습니다. 아이는 도구만 만지작거릴 뿐 활동에 흥미를 보이지 않더군요. 다른 아이들의 모습을 지켜보던 엄마가 채근했습니다.

"만들고 싶은 게 뭐야?"

"…"

"없어?"

"…"

"아무거나 만들어. 빨리!"

아이는 뭔가 떠올랐는지 가위를 들고 천천히 색종이를 오리기 시작했습니다. 역시나 아이 행동이 느립니다. 엄마는 복장이 터지는 듯한 표정을 지으며 '뭘 만드는 거냐'고 묻더군요. 아이는 대답도 하지 않고 생각에 푹 빠져 있을 뿐. 곁눈으로 뭘 만들려는지 눈치챈 엄마가 가위를 들고 색종이를 오립니다.

"그렇게 하다가 언제 완성하려고 하니?"

엄마는 아예 아이의 작품을 대신 완성할 기세였습니다. 아이는 입을 비죽거리며 엄마를 쳐다보았습니다.

이 이야기만 보면 무엇이 잘못되었는지 바로 알겠지요? 아이는 에너지가 작고 신중한 기질입니다. 엄마 역시 이를 잘 알고 있을 것입니다. 그러나 기질이 급하고 목표 지향적인 엄마로서는 기다려주는 것 자체가 힘든 일입니다. 이 상황에서 엄마는 자신의 기질을 누르고 아이를 먼저 존중해주는 게 맞는 교육법입니다.

'왜 아이가 누려야 할 기쁨을 엄마가 다 가로채십니까?' 당장 그 어머니에게 해주고 싶은 말이었습니다. 아이의 기질을 먼저 존중하고 응원해주는 것이 자아 교육의 시작입니다. 아이가 타고난 기질을 바탕으로, 서툴지만 스스로 해내는 힘을 키우면서 자신의 자아를 만들어가도록 엄마는 인내심을 가

지고 지켜봐야 합니다.

✦ 차가운 무관심과 따듯한 무관심을 구별하라 ✦

아이의 성장기에 맞춰 부모의 양육법은 달라집니다. 무한한 사랑을 주는 시기부터 사회성과 자립심을 키워주는 시기가 있습니다. 본격적으로 자아존중감을 키워주는 시기는 바로 사춘기입니다.

이른바 북한군도 무서워한다는 소위 '중2병'. 그전까지 아이를 마냥 예뻐하고 응원해주던 부모가 큰 충격을 받는 시기가 바로 아이의 사춘기입니다. 부모는 180도 달라진 아이의 모습에 당황하며 아이를 예전 모습으로 돌려놓으려고 애를 씁니다. 타이르거나 혼을 내기도 하지요. 일부 부모는 아이를 미워하고 나는 모르겠다는 식으로 포기해버리기도 합니다. 정신 분석학자 안나 프로이트가 이런 말을 했습니다.

"열일곱 살 아이들이 부모를 사랑하면서도 미워하고, 다른 사람 앞에서 자기 어머니를 아는 척하는 것을 심히 부끄러워하면서도, 느닷없이 어머니와 가슴에서 우러나오는 대화를 하고 싶어 하는 것은 매우 당연하다."

사춘기 아이의 마음을 참 잘 표현한 말입니다. 아이가 어려서는 부모의 말을 곧잘 수용하고 따르지만, 사춘기에 이르러 전혀 다른 아이가 되는 것은 '뇌' 때문입니다. 뇌 구조와 기능이 급격하게 변화하는 시기이지만, 합리적인 판단을 담당하는 전두엽 발달은 상대적으로 느립니다. 이 때문에 어떤 일에 대해서 이성보다는 충동적이고 감정적인 반응이 앞서는 것입니다. 그래서 "밥 먹었니?", "따듯하게 입었니?"라는 부모의 일상적인 물음에도 아이는 신경질적으로 대꾸합니다.

이러한 거친 말과 행동, 반항은 아이의 진심이 아니라 뇌가 다 시켰다고 보면 됩니다. 한편으로는 자아 정체성이 완전히 성숙하지 않아 부모에게 의지하려는 마음도 큽니다. 안나 프로이트의 말처럼 거칠고 순종적이고 감정적인 면들이 뒤엉켜 그때그때 다른 모습을 보여주는 것입니다.

그런데 부모들은 사춘기 아이들이 마치 큰 잘못을 저지르고 있는 양, 실망한 모습을 그대로 표현하기도 합니다. 이 시기야말로 부모들이 무한한 사랑을 보여줄 때입니다. 아이의 마음을 전부 이해하지 못하더라도 지켜보고 기다려줘야 합니다. 화를 내거나 아이를 방치해서는 안 됩니다. 아이들은 어른으로 가는 마지막 길목에서, 스스로 홀로 서기 위해 잠시 흔들리고 있을 뿐입니다.

신기하게도 아이들은 자신의 잘못을 모르지 않습니다. 속으로는 '내가 왜 이렇지?' 하며 속상해합니다. 부모가 자녀를 잘 관찰하면서 한편으로는 무관심한 척 지켜봐준다면, 아이들은 용케 그것을 눈치챕니다. 차가운 무관심과 따뜻한 무관심을 구별하는 것입니다. 아이의 상황을 잘 살펴보면서 혹 전문가의 상담이 필요한 지점이 있다면 조언을 들어보는 것도 좋은 방법입니다. 요즘 사춘기 자녀를 둔 부모들 또한 전통적인 대가족이 아닌 핵가족 상황에서 성장기를 보냈기에 노년 세대와는 또 다른 어려움이 있을 것입니다.

자, 정리하면 자아가 건강한 사람은 현실의 조건을 살펴 마음속 욕구를 건강하게 충족할 줄 압니다. 예를 들면, 건강한 자아가 형성된 아이는 부모의 상황을 잘 보면서 자신이 원하는 것을 부모에게 말해 얻으려 합니다. 내 아이가 무작정 떼를 쓰는지, 아니면 타협할 줄 아는지를 살피면 자아의 발달 정도를 확인할 수 있습니다.

물론 아이가 부모의 말을 너무 잘 듣는 것도 바람직하지는 않습니다. 항상 말 잘 듣는 아이보다는 가끔 말 잘 듣고 말썽도 피우는 아이가 더 건강한 아이라고 보면 됩니다. 건강한 좌절도 경험해야 하므로 부모는 늘 제재와 통제, 규칙을 잘 사용할 줄 알아야 합니다. '내가 하고 싶은 것'과 '해야 하는 것'을 모두 알아야 자아가 건강해진다는 것을 염두에 두면 좋을 것입니다.

　모든 사람이 강한 자아를 지닌다면 세상은 행복해질까요? 이 점을 생각하면 나는 세상이 좀 더 겸손해져야 할 필요가 있다는 생각을 하게 됩니다. 모든 사람이 강한 자아를 지닐 수 없다면, 우리가 할 일은 자아의 강도가 낮은 사람도 자긍심을 잃지 않고 긍정적으로 살아갈 수 있도록 배려하는 것이기 때문입니다. 내 아이의 건강한 자아는 궁극적으로 타인을 향한 자아 확장에 있는 것이 아닐까 생각해봅니다.

말을 잘 듣는 아이,
듣지 않는 아이

>) ✦ (

'질량 불변의 법칙'이 있습니다. 모양은 달라져도 총량은 같다는 법칙입니다. 아메바는 단세포 생물입니다. 아메바의 다리처럼 보이는 부분을 건드리면 움찔하며 반대쪽이 튀어나옵니다.

질량 불변의 법칙에 따르면 한쪽을 누른 만큼 반대쪽에서 튀어나올 뿐 사라지는 것은 아닙니다. 인간의 욕망도 마찬가지입니다. 원래부터 욕망이 없는 사람은 없습니다. 도덕적으로 보이는 사람도 욕망을 절제한 만큼 반대쪽으로 도덕이라는 가치가 튀어나왔을 뿐입니다.

나를 찾아오는 부모들이 자주 하는 이야기는 '멀쩡하던 아이가 변했다' 혹은 '착하고 말 잘 듣던 아이가 달라졌다'는 것입니다. 그리고 한결같이 '친구를 잘못 사귀었기' 때문이라고 말합니다. 내 아이는 본래 착하고 정직한데 나쁜 친구에게서 영향을 받았다는 거지요.

아이의 성장 과정을 좀 더 들어보면, 말 잘 듣고 순해 보이는 기질이 부모의 강요에 의해 만들어졌음을 알 수 있습니다. 보이지 않는 심리적 강요와 체벌 등으로 아이는 본능적인 자기 욕구를 누르고 부모가 원하는 대로 말하고 행동했던 것입니다. 본능이 억제되면서 도덕적인 면이 마치 아메바의 다리처럼 튀어나온 것뿐이지요. 즉 도덕적인 척, 말 잘 듣는 척하는 아이에 불과합니다.

사춘기 아이들에게서 나타나는 크고 작은 '일탈'은 아이가 이제는 연극을 하지 않겠다고 선언하는 것과 같습니다.

✦ 해보고 싶은데 못 했어요 ✦

내 손주도 중학생 때 일탈을 했습니다. 묻는 말에 퉁명스럽게 답하는가 하면, 귀가 시간이 점점 늦어지고 어떤 날은 친구들과 어울려 자정이 넘도록 연락이 되지 않기도 했습니다.

내색하지 않고 지켜보다가 하루는 아들을 불러 그간 보아온 손자의 일탈 행동을 일러주었습니다. '이대로 두면 안 된다, 훗날 어떻게 될지 모른다'는 걱정을 덧붙였지요. 손주의 교육에 할아버지가 끼어들면 안 된다는 게 평소 소신이었으나 내리사랑은 어쩔 수 없었지요. 내심 아들이 속상해하면 어쩌나 싶었는데 전혀 뜻밖의 반응을 보였습니다.

"아버지, 괜찮아요. 나도 저만한 나이에 저렇게 해보고 싶었는데 못 해봤어요."

아들은 이미 손자의 일탈을 알고 있었습니다. 게다가 자신도 사춘기 때 반항도 해보고 비뚤어지고(?) 싶었지만 그렇게 하지 못했다고, 그래서 자기 아들은 자유롭게 풀어주고 싶다고 했습니다. 아들의 말을 어떻게 이해해야 할까요?

홀어머니 밑에서 자란 나는 도덕적 금기와 규제 속에서 성장기를 보냈습니다. 어머니는 1950년대 당시에도 된장, 고추장은 집에서 직접 만들어 먹을 것이 아니라 공장에서 대량 생산해야 한다고 주장할 만큼 신여성이었지만, 자녀 교육에서만큼은 전통적인 규범을 고수했습니다. 말과 행동이 반듯해야 하고 차림새도 흐트러짐이 없어야 하며 부모의 말은 어김이 없어야 하고, 친구들과 일없이 어울리는 일도 금지했습

니다. 어머니는 하지 말아야 할 일과 해야 할 일을 분명하게 정해주었지요.

사춘기 전후에 어머니와 갈등하고 마음속에 화가 들끓기도 했지만, 나는 대체로 어머니의 말을 잘 따르는 착한 아들이었습니다. 어머니에게서 받은 도덕적 억압을 나 또한 부모가 된 뒤 자녀에게 똑같이 요구했나 봅니다. "해보고 싶은데 못 했어요"라는 아들의 말이 그 증거이지요. 언제나 바르고 자기주장 없이 조용했던 아들 또한 본래 그런 기질을 타고난 것이 아니라 부모가 요구하는 도덕적 기준을 수용하면서 억눌려진 것입니다.

아들은 손주의 일탈을 지켜보면서 잘 관찰하겠다고 했습니다. 아버지인 나에게서 받은, 시대에 뒤떨어진 지나친 도덕적 억압을 자기 아들에게 물려주지 않겠다는 뜻이었습니다. 이 일을 통해 나는 부모의 지나친 욕구 억제가 아들에게로, 다시 손자에게로 전해질 수 있음을 새삼 되새겼습니다. 한편으로 '우리 집은 손주 세대에서 그 고리가 끊어지겠구나' 하는 생각도 들었습니다.

'아이가 왜 이렇게 말을 안 들을까'를 심각하게 고민하는 부모라면 아이에게 요구하는 여러 기준을 돌아볼 필요가 있습니다. 또 부모 자신의 성장기 시절로 돌아가, 지금 자녀와 비교하며 이해해보는 것도 좋습니다. 혹 성장기에 '그만 간섭하세요!'라고 부모님에게 말하고 싶었던 일이 있습니까? 부모가 마음을 몰라줘서 속상한 일은 없었나요? 지금 내 아이도 그 심정일지 모릅니다.

✦ 스스로 욕망을 조절하는 힘을 키워줘라 ✦

내가 어머니들에게 자주 묻는 질문이 있습니다.

"자녀를 잘 키우고 싶습니까? 아니면 자녀들이 잘 컸으면 좋겠습니까?"

'잘 키우고 싶은 것'은 부모의 마음입니다. 즉 교육의 중심이 부모에게 있습니다. '잘 컸으면 좋겠다'는 말의 주체는 아이입니다. 아이 스스로 커나가는 내적 동력, 자생력을 말합니다. 교육은 이 자생력을 키워주는 데 있습니다. 특히 옳고 그름에 대한 도덕적 기준은 아이 스스로 양심적으로 판단하고 행동하도록 이끌어줘야 합니다.

미국의 심리학자 콜버그는 인간의 도덕적 발달 단계를 크게 세 가지 수준으로 분류했습니다. 1수준은 인습 이전, 2수준은 인습 수준(타율적 도덕성), 3수준은 인습 이후(자율적 도덕성)입니다. 인습은 오랜 세월을 거쳐 전통적으로 지켜온 규칙과 관습, 도덕입니다.

1수준은 인습이 자리 잡지 않은 상태로, 체벌과 보상 등 강제성이 있을 경우에만 따릅니다. 2수준은 부모나 타인의 반응을 의식하고, 사회적 규칙에 동의합니다. '사람들이 옳다고 하니까 따라야겠구나' 하고 생각하는 수준입니다. 가장 높은 3수준은 개인의 양심에 따라 옳고 그름을 판단하고 행동하는 단계입니다.

콜버그는 여러 실험 끝에 3수준에 도달하는 인간은 생각보다 많지 않음을 알고 크게 실망했다고 합니다. 도덕적 발달 단계는 인간의 육체적 성장 단계와 비례하지 않는 것입니다. 고학력에 지적 수준이 높은 사람도 남이 보지 않을 때 부도덕한 일을 저지르는 등 1수준에 미치지 못하는 경우를 우리도 종종 목격합니다.

교육을 통해 1수준에서 2, 3수준으로 나아가게 되며, 아이들은 당연히 1수준에서 출발합니다. 태어나면서부터 도덕적인 아이는 없습니다. 부모는 인간이 지켜야 할 도리와 행동, 규칙, 규범을 가르칩니다. 도덕은 천천히 자라는 나무와 같습니다. 빨리 자라게 하려고 줄기를 잡아당기면 뿌리가 부실해집니다. 이런 나무는 바람이 불면 흔들리고 뿌리가 뽑혀 쓰러지고 맙니다. 내면에서 자라는 도덕의 뿌리가 부실하면 '유혹'의 바람에 쉽게 쓰러지는 것입니다.

본능적 욕구를 강하게 억압하는 것은 바로 나무의 뿌리를 잡아당기는 것과 같습니다. 인간은 본래 이기적입니다. 사회적인 접촉이 늘어나고 욕구가 좌절되면서 욕망을 조절할 줄 알게 되고 이타성을 계발하게 됩니다. 욕구의 좌절을 통해 자연스러운 타협을 배우는 것이지요. 가령 유아기 아이는 자신과 똑같은 욕구를 지닌 또래 친구를 만나면서 좌절을 경험하게 됩니다. 이 과정에서 양보와 타협의 필요성을 느끼게 되는데 이것이 도덕이 생기는 출발점이 됩니다.

욕구의 좌절과 타협의 과정에 부모가 어느 정도 개입할 것인지가 중요합니다. 나는 멍석을 깔아주는 정도면 된다고 말합니다. 멍석은 요즘 식으로 하면 짚으로 만든 넓은 카펫입니다. 잔칫날 마당에 깔아놓은 멍석 위에서 사람들은 맛있는 음식을 먹고 춤도 추며 한판 신나게 놀았지요. 부모는 아이를 위한 마음의 멍석을 깔아두어야 합니다. 심리적인 자유를 인정해주고, 스스로 선택할 기회를 만들어주는 것입니다.

가령 내 아이가 다른 아이와 장난감을 가지고 다투다 싸움

2장 부모만 모르는 내 아이 속이 궁금할 때

이 났다면 어떻게 할까요? 보통은 잘잘못을 따지며 친구와는 사이좋게 놀아야 한다고 아이를 야단치겠지요. 또 이런 갈등을 지켜보는 게 힘든 부모들은 똑같은 장난감을 사주겠다는 식으로 회피하거나 무마하려 하지요.

두 가지 모두 좋은 대응은 아닙니다. 아이는 이런 작은 갈등을 거듭 겪으면서 자신의 욕구가 좌절되고, 원하는 것을 얻으려면 어떻게 해야 하는지를 배우며, 해야 할 것과 하지 말아야 할 것들을 스스로 깨쳐나갑니다. 이 과정에서 부모가 할 일은 조바심내지 않고 지켜보기, 그리고 공감하기입니다.

본능이 감정적이라면 도덕은 이성적입니다. 나의 본능과 다른 사람의 본능이 부딪치면서 크고 작은 마음의 상처가 생깁니다. 공감은 그 마음의 상처를 헤아리고 읽어주는 것입니다.

장난감을 두고 싸운 아이에게 부모는 훈계에 앞서 아이의 속상한 감정부터 들어줘야 합니다. 그러고는 앞으로 그런 일이 다시 생기면 어떻게 하면 좋을지 아이에게 물어보면서, 엄마 아빠의 생각은 이렇다고 하면서 질문과 대답을 이어가면 됩니다. 그 과정이 매끄럽지 않더라도 아이에게 생각할 기회를 준다는 점에서 매우 중요합니다.

스스로 감정을 조절하고 타인과 타협하며 성장해가는 과정에서 건강한 인격이 조금씩 쌓여갑니다.

✦ 일탈은 건강한 신호이다 ✦

중학생인 아들이 포르노 영상물을 몰래 본다며 잔뜩 걱정되는 얼굴로 나를 찾아온 어머니가 있었습니다. 하늘이 무너진 듯한 표정의 어머니에게 나는 "아들이 건강하게 성장하고 있습니다"라고 답해주었습니다.

당시는 요즘처럼 성 교육이 적극적으로 이뤄지던 때가 아니었습니다. 더욱이 부모 자식 간에 성을 이야기하기가 대단히 껄끄러웠는데, 그런 상황에서 나는 대뜸 이런 처방을 내놓았습니다.

"먼저 아버지가 나서서 아들과 이야기해보도록 하세요. 아들이 성에 대해 어떤 눈높이를 가지고 있는지 알아야 합니다. 아이들이 성에 대해 호기심을 느끼는 것은 자연스러운 일입니다. 이 호기심을 건강하게 풀어주어야 합니다. 가장 좋은 방법은 아버지가 남자 대 남자로서 경험담을 들려주세요. 분위기가 다소 어색하더라도 꾹 참고 해야 합니다. 대화도 해봐야 늡니다."

간혹 자녀들에게 마음을 다 열었다고 자부하는 부모들도

성 문제에 대해서만큼은 소극적입니다. '지금은 공부해야 할 나이이니까 나중에…' 하는 식으로 넘어가려고 하지요. 무조건 억압하거나 모르는 척 덮어두는 것은 좋지 않습니다. 좀 더 건강하고 긍정적인 방향으로 문제를 풀어가도록 노력해야 합니다.

정확한 통계는 아니지만 정신과 전문의 경험에서 보면, 성장기에 일탈해본 아이들이 훗날 인생을 더 풍부하게 사는 듯합니다. 어떤 면에서는 소위 모범생인 아이들보다 더 유연하고 모험심과 유머가 있습니다. 이런 긍정적 가치들이 삶을 풍성하고 재미있게 만듭니다. 아이가 지나치게 순종적이고 말을 잘 듣는 것이 반드시 좋은 것만은 아닙니다.

일탈에는 '자기주장'과 '자기 의지'가 담겨 있습니다. 아이가 부모 말을 거스르고 자기 마음대로 행동하면, 부모들은 아이가 비뚤어질까 봐 걱정합니다. 그러나 일탈은 아이가 자기 목소리를 내게 되는 하나의 신호탄입니다. 이제껏 부모와 사회의 목소리를 앵무새처럼 따라 하는 것에서 벗어나 드디어 자기 내면의 소리를 밖으로 드러내기 시작한 것입니다.

이러한 성장의 징후를 기쁘게 받아들이기 힘든 이유는 공격적이고 반항적인 모습을 띠기 때문입니다. 오죽하면 요즘 엄마들 사이에서 '중2병'을 넘어 '사춘기 지랄병'이라고 불릴까요. 방글방글 웃던 천진한 아이는 간데없고 맹수가 발톱을 세우듯 대드는 아이가 너무도 낯설어 저런 험악한(?) 표현까지 나온 듯합니다.

사춘기의 이런 특징을 '이유 없는 반항'이라고 합니다. 부모도 청소년 자신도 왜 그런지 이유를 모르기 때문입니다. 정신적인 측면에서 이 시기의 아이들은 자기 욕구를 어떻게 표현할지 방법을 모르고, 이성보다는 감정이 시키는 대로 움직입니다. 이를테면 먼 훗날 좋은 대학교에 가는 일보다 지금 당장 친구들과 놀고 싶은 욕구를 푸는 일을 더 중요하게 여기는 것입니다.

사실 우리 모두 비슷한 성장 과정을 지나왔습니다. 다양한 이유에서 시작된 불만과 갈등 속에서 엉뚱한 행동을 하고 어른 흉내를 내보기도 하면서 다듬어져 왔지요. 그 길을 내 아이가 똑같이 걷기 시작했다고 생각하면 마음의 여유가 생길 것입니다.

부모가 부정적으로 반응할수록 아이는 점점 더 멀어져갑니다. 아이의 일거수일투족에 조바심을 낼수록 아이는 더욱 튕겨 나갑니다. 아이가 부모 말을 거스르기 시작했다면 이제 조금씩 거리 두기를 해야 할 시기가 온 것입니다. 너무 멀지도, 너무 가깝지도 않은 적당한 거리에서 아이를 지켜보며 일탈의 정도를 가늠해보는 것이 중요합니다. 만약 일탈이 어느 선을 넘어 타인에게 피해를 주거나 혹은 그 정도가 지나칠 경우에는 좀 더 세심하고 단호한 대응이 필요하기도 합니다.

부모가 아이를 이해하려는 마음의 폭에 따라 아이의 일탈은 걷잡을 수 없이 번져가는 들불이 되기도 하고, 한순간 피었다 스러지는 모닥불이 된다는 것을 잊지 마시기 바랍니다.

타고난 기질대로
자라야 합니다

◗ ✦ ◖

「늑대 아이」라는 애니메이션 영화를 재미있게 보았습니다. 늑대 아버지와 인간 어머니 사이에서 쌍둥이 남매가 태어납니다. 아버지 늑대가 인간의 총에 맞아 죽은 뒤, 엄마 혼자 쌍둥이를 키우는 과정이 영화의 주 내용입니다.

여자아이의 이름은 유키, 남자아이의 이름은 아메입니다. 각각 눈과 비라는 뜻이랍니다. 눈과 비가 상징하듯 두 아이의 기질은 전혀 다르지요. 아이들이 늑대의 본성을 자신도 모르게 불쑥불쑥 드러내자 엄마는 도시를 떠나 시골로 가기로 합니다. 이때 엄마는 말합니다.

"그래, 가자. 인간이 되고 싶은지 늑대가 되고 싶은지 결정

할 수 있도록."

쌍둥이들은 성장하면서 점점 다른 기질을 보입니다. 누나 유키는 괄괄하지만 포용적이고, 동생 아메는 소심하면서 독립적입니다. 누나는 사람들과 어울리길 좋아하지만, 동생은 혼자 산속에서 나무와 땅의 지형을 살펴보는 걸 좋아합니다. 이렇듯 다른 기질 탓에 서로 싸우고 으르렁대는 두 아이를 엄마는 불안해하면서도 인내심을 가지고 지켜봅니다.

어느 날 두 아이는 자신의 길을 선택합니다. 누나는 도시로, 동생은 숲으로 들어가 살기로 합니다. 각각 인간과 늑대의 삶을 살기로 한 것입니다. 엄마는 크게 당황하고 상심합니다. 하지만 결국 아이들의 뜻을 존중해줍니다. 늑대로 살아간다는 건 모자가 영원히 만나지 못한다는 뜻입니다. 아들이 숲으로 들어가던 날에 엄마는 눈물을 삼키며 중얼거립니다.

"잘 살아야 한다."

엄마는 두 아이가 떠난 시골집에서 삶을 이어갑니다. 이따금 깊은 숲속에서 크고 우렁찬 늑대 울음소리가 들려옵니다. '잘 살고 있다'는 아들의 안부입니다.

이 영화는 모든 인간이 각자의 삶에서 필연적으로 마주하는 '선택과 성장'의 이야기입니다. 두 아이는 저마다의 삶을 스스로 선택했고, 엄마 또한 자녀들의 뜻을 용기 있게 따라주었다는 점에서 하나의 선택으로 볼 수 있습니다. "잘 살아야 한다"는 엄마의 말은 곧 엄마 자신에게도 해당되는 것이지요.

✦ 예민한 아이, 순한 아이 ✦

영화 「늑대 아이」에 등장하는 쌍둥이 남매에서 보듯, 인간의 기질은 타고나는 것입니다. 갓난아기 때부터 확연히 드러나지요. 똑같은 환경에서 먹이고 재우고 입혀도 다르게 반응합니다.

기저귀가 흥건하게 젖어도 새근새근 잘 자는 아이가 있는가 하면, 기저귀가 조금이라도 젖으면 죽을 듯이 우는 아이도 있습니다. 새로운 음식은 무조건 뱉어버리는 아이도 있고 주는 대로 냠냠 받아먹는 아이도 있습니다. 낯선 사람에게 잘 안기는 아이가 있는 반면, 잠시도 엄마 품에서 떨어지지 않으려는 아이도 있습니다.

그런데 우리가 '예민하다, 무던하다, 까다롭다, 순하다'라며 어떤 기질을 말할 때 염두에 두어야 할 점이 있습니다. 보통 아이의 기질은 양육자가 주관적인 관점에서 판단하는데, 아무래도 양육자를 힘들게 하면 나쁜 기질로, 양육자를 편하게 하면 좋은 기질로 받아들이기 쉽습니다.

한마디로 좋은 기질, 나쁜 기질은 정해져 있지 않습니다. 흔히 나쁜 기질로 여기는 예민함은 자기표현이 뚜렷하고 반응이 빠르다는 뜻이고, 좋은 기질로 여기는 참을성은 스트레스를 안으로 삭여 내재적 불만이 쌓일 가능성이 높음을 의미하기도 합니다. 기질은 좋다, 나쁘다로 판단하기에 앞서 '특징'으로 바라보는 것이 맞습니다.

앞에서 말한 내 손자의 경우, 중학교 때 방황을 심하게 했지만 동생인 손녀는 상대적으로 안정된 학교생활을 보냈습니다. 비슷한 환경 속에서 자랐는데도 손자는 늘 조용하고 자기 생각을 분명히 밝히지 못하는 등 스스로를 억압하는 기질을 보인 반면, 손녀는 욕구 충족에 적극적이었습니다. 아주 어릴 때부터 손녀는 내 손을 한번 잡아끌면 자기가 가고 싶은 곳은 기필코 가보곤 했습니다. 서로 다른 두 성향은 사춘기에 이르러 손자에게서는 일탈로, 손녀에게서는 순종적인 태도로 나타난 것으로 보입니다.

건강한 자아는 자신의 기질적 특징을 부정적으로 인식하지 않고 스스로 조절합니다. 건강한 자아를 가진 아이로 키우려면, 어릴 때부터 아이의 기질을 잘 살펴보고 이에 맞는 양육법을 선택해야 합니다.

아이의 기질에 대한 연구는 미국의 발달심리학자인 알렉산더 토머스와 스텔라 체스가 초석을 쌓았습니다. 이 연구에서는 아이의 기질을 크게 세 가지로 분류합니다.

순한 기질, 까칠한 기질, 느린 기질입니다. 순한 기질은 잘 자고 잘 먹고 낯선 사람들과도 잘 지냅니다. 환경에 대한 적응력이 높은 편입니다. 까칠한 기질은 반응이 불규칙적이고 낯선 경험에 민감합니다. 가령 새로운 음식에 대한 적응이 늦고 원하는 것을 얻지 못하면 울거나 짜증을 내는 등 강하게 반응합니다. 느린 기질은 반응이 느리고 낯선 환경에 대한 적응력이 낮습니다. 낯선 환경에 민감하다는 점에서는 까칠한 기질과 같지만 겉으로 표현하지 않는다는 점에서 다릅니다.

다시 한번 강조하지만 까칠한 기질과 느린 기질이 문제인 것은 아닙니다. 두 기질이 문제라면 다수의 아이들이 해당하는 평범한 기질도 문제라고 볼 수 있습니다. 문제 기질로 만드는 것은 잘못된 양육 방식과 환경입니다.

만약 까칠한 기질의 아이를 부모가 받아주지 않는다면 어떻게 될까요? 어떤 부모는 '애가 왜 이렇게 까탈스럽냐'면서, 아이가 울게 놔두거나 억지로 음식을 먹게 하고 벌을 주기도 합니다. 그런데도 아이가 따르지 않으면 부모는 더 강압적인 방식으로 대하게 됩니다. 이렇게 욕구가 좌절된 아이는 성장 과정에서 공격적이고 부정적인 성향을 키우게 될 가능성이 높아집니다.

반응이 둔하고 느린 아이들도 '순하다, 착하다'면서 지켜만 봐서는 안 됩니다. 이 아이들은 단지 욕구 표현이 느릴 뿐, 부모가 원하는 대로 자기 욕구를 조절하는 것은 아닙니다. 해소되지 않은 욕구는 결과적으로 불만을 쌓이게 하여 소심하고 불안한 성향을 키웁니다. 이런 기질의 아이들은 부모가 좀 더 주의 깊게 살펴봐야 합니다.

타고난 기질을 바꿀 수 없다면, 부모는 아이의 기질이 부정적으로 발현되지 않도록 성장 단계에 맞춰 주의를 기울여야 합니다. 갓난아기 때는 긍정적으로 받아주며 '너의 욕구가 잘못된 것이 아니다'라는 것을 느끼게 해줍니다. 유아기 때는 놀이로써, 의사 표현을 할 수 있을 때는 대화와 타협으로 스스로 기질을 조절하는 법을 익히도록 하는 것이 바람직합니다.

흔히 부모들이 "얘는 왜 이렇게 말을 안 들어!"라고 탄식합니다. 바로 이 '왜'라는 것에 대해 잘 생각해봐야 합니다. '왜'를 아이에게서 찾지 말고 부모 자신에게 물어야 하는 것입니다.

'욕구(본능) 표현'으로 아이의 기질을 좀 더 살펴보겠습니다. 욕구가 강한 아이와 약한 아이로 나눌 수 있는데 특히 욕구에 대한 자극이 많아지고, 표현하는 데 사회적 제약이 낮은 아동기에 뚜렷이 구분할 수 있습니다.

자기가 원하는 것을 강하게 요구하는 아이는 본능이 강한 기질입니다. 보통 '떼쓰기'라고 하지요. 그런데 부모 입장에서 보면 떼쓰기이지만 아이에게는 자연스러운 표현입니다. 종종 이 사실을 잊어버리는 부모는 도덕과 윤리의 잣대로 아이를 야단치고 혼내기부터 합니다. 아이는 울거나 짜증을 내는 식으로 반항합니다. 이런 일이 자주 반복되면 마음에 상처를 입게 되고, 심하면 정서 불안과 충동적 행동을 보입니다. 욕구가 강한 아이들은 감정적으로 대하거나 억압하기보다 타협이 먼저입니다. 방법은 규칙을 세우는 것입니다.

예를 들어 장난감을 막무가내로 사달라고 조르는 경우 부모는 어떤 때는 사주고 어떤 때는 꾸지람으로 거절합니다. 이런 불규칙한 대응보다는 미리 한 달에 살 수 있는 장난감 개수와 최고액을 정하는 등의 규칙을 세우는 것이 좋습니다. 현실의 벽을 가르쳐주는 것이지요. 한 달에 한 개, 3만 원 아래

2장 부모만 모르는 내 아이 속이 궁금할 때

의 장난감을 사줄 수 있다는 식으로요.

단 규칙을 정할 때는 아이와 함께하되, 규칙을 적용할 때는 단호하고 일관되어야 합니다. 3만 원에서 100원이라도 넘으면 사주지 말아야 합니다. 규칙을 정해주는 이유는 아이의 자제력을 키워주는 데 있으므로 부모의 모호한 태도는 자칫 혼란을 줍니다.

반면에 기질이 순하고 부모 말을 잘 듣는 아이는 자기주장을 적극적으로 하지 못하고, 자신이 정말 원하는 게 무엇인지 모른 채 성장할 수 있습니다. 늘 부모나 사회의 기준에 맞추다 보니 자신도 모르게 욕구를 억압하는 습관이 들어 스트레스가 쌓이게 되고, 결과적으로 자존감이 떨어지고 열등감을 느끼게 되기도 합니다. 말 잘 듣는 아이에게 '엄마 말 잘 들어줘서 고맙다'는 식의 칭찬은 자칫 순한 성향을 더 강화시킬 수도 있습니다.

순하고 느린 기질의 아이에게는 부모의 기다림이 필요합니다. 부모는 아이 스스로 자신의 욕구를 표현할 수 있도록 일상에서 분위기를 만들어주어야 합니다. 상점에 가면 사고 싶은 것을 물어보고 스스로 고르게 합니다. 초콜릿을 먹고 싶다고 하면 엄마가 골라주지 말고 직접 골라 집어 오도록 합니다. 아이의 선택을 기다려주는 것입니다. 이런 작은 선택이 하나둘 모이면 아이도 자기가 원하는 것이 무엇인지를 분명하게 알고 표현할 수 있게 됩니다.

주위 환경에 너무 쉽게 순응하는 아이에게는 현실의 벽을 알려주기보다 현실의 가능성을 알려주는 것이지요. 그러면 아이는 점점 자신감 있게 자신의 욕구를 충족하려는 시도를 하게 됩니다.

그러나 순한 아이를 지나치게 강하게 키우려는 것 또한 조심해야 합니다. 아이가 선택의 상황을 힘들어한다거나 강한 거부감을 보인다면 억지로 밀어붙여서는 안 됩니다. 이때는 선택의 가짓수를 줄이는 식으로 아이가 좀 더 쉽게 선택할 수 있도록 합니다.

아이의 기질을 살피는 것은 기질을 바꾸기 위해서가 아닙니다. 본능이 강한 아이에게는 자제력을, 약한 아이에게는 자기 욕구를 채우는 적극성을 키워주기 위함입니다. 자제력과 적극성을 통해 아이는 자신이 처한 현실(환경)에 따라 스스로 기질을 조절하는 자율성을 키워나가게 됩니다.

어떤 기질이건 아이에게 결정권을 주는 것이 중요합니다. 부모가 결정권을 가지면 강한 기질의 아이는 반발하며, 약한 아이는 위축됩니다. 아이에게 결정권을 주면 강한 아이는 스스로를 조절하게 되며, 약한 아이는 자신감이 커집니다. 생명과 안전에 대한 문제에서는 부모가 당연히 결정권을 가지고 아이를 돌보고 보호해야 하지만, 아이가 커갈수록 성장 단계에 맞춰 아이의 결정권을 늘려가야 합니다.

타고난 기질은 세상을 살아가는 자기만의 재산입니다. 기질은 삶의 모든 것들, 즉 사고방식, 태도, 행동 방식, 학업, 인간관계, 건강 등에 절대적인 영향을 미칩니다. 기질에 따라 양육 환경과 양육 방식이 조화를 이루면 아이는 건강한 자아로 삶을 완성해갑니다.

영화 「늑대 아이」는 두 아이가 정체성을 스스로 선택해가는 이야기입니다. 영화에서 엄마는 아이들의 타고난 늑대 기질을 이해하기 위해 늑대에 대한 책을 읽고 공부합니다. 아이들이 건강하게 자기주장을 할 수 있었던 데는 이런 엄마의 노력이 있었습니다.

비록 두 아이의 선택은 달랐지만, 스스로 고민하고 자신의 미래를 결정했다는 점에서 건강한 자아를 가졌다고 볼 수 있습니다. 마지막에 세 식구가 헤어지는 장면은 슬프기도 했지만 결국 각자의 삶을 완성해간다는 결말은 해피엔딩이 아닐

까 싶습니다. 늑대로 살지, 인간으로 살지 고민하는 아이에게
엄마는 이렇게 말합니다.

"그래도 엄마는 늑대를 좋아한단다."

아이의 반항은
부모에게 온몸으로 건네는 신호

◗ ✦ ◖

    중고등학생 자녀를 둔 엄마는 초등학교 때가 키우기 좋았다고 하고, 초등학생 자녀를 둔 엄마는 유치원 때를, 유치원에 다니는 아이의 엄마는 아기 때가 키우기 편했다고 합니다. 걸음마를 시작한 아기의 엄마는 "그래도 누워 있을 때가 제일 편했어요"라고 말합니다. 자녀의 모든 성장 단계가 부모에게는 힘들다는 뜻이겠지요.

    아이가 걷고 의사 표현을 할 즈음이면 부모는 앞으로 다가올 아이의 크고 작은 변화에 대해 마음의 준비를 해야 합니다. 움직임이 커지는 만큼 무엇보다 안전 문제에 대비해야 하지만, "싫어!", "안 해!"를 외치는 반항의 시기가 시작되기 때문입니다. 유아기와 아동기를 지나 사춘기에 정점을 이루는 '반항'은 각 성장 단계마다 다른 양상으로 표현됩니다. 시기별로 대응 방법이 달라지지만, 무엇보다 아이의 반항에 지나치게 부정적이고 예민하게 반응하지 않아야 합니다.

내 아이가 "싫어!"를 처음 외치는 날은 기념일이 될 만합니다. "싫어!"는 아이가 껍데기를 깨고 '나'라는 자아를 인식하기 시작했다는 상징적 표현이기 때문입니다. 인간의 본능적 자아는 다른 사람의 뜻에 무조건 반대하고 싶은 경향이 있습니다. 내 뜻대로 하겠다는 자유 의지의 표현입니다.

동화 속 청개구리는 엄마 개구리의 말에 무조건 반대로 행동하지요. '개굴개굴' 울라고 했더니 '굴개굴개' 하고 웁니다. 죽음이 머지않았음을 느낀 엄마는 늘 반대로만 하는 새끼들에게 자신의 뜻과 반대되는 당부를 합니다. 언덕에 묻지 말고 냇가에 묻어달라고. 엄마 개구리가 죽자 새끼 개구리들은 슬퍼하면서, 엄마의 마지막 소원을 들어주자며 냇가에 묻습니다. 그래서 날이 흐린 날이면 비에 불어난 냇물에 엄마 무덤이 쓸려 내려갈까 봐 새끼 개구리들이 유난히 크게 운다고 합니다.

엄마 개구리가 새끼들의 '반항심'에 대해 공부하고 새끼 개구리의 속마음을 들여다보고 적절한 훈육법으로 양육했다면 비 오는 날 개구리 울음도 이렇게 시끄럽지 않았을 겁니다.

✦ 반항은 자연스러운 성장 과정이다 ✦

타인으로부터 통제당하고 강요받는 느낌이 들 때 일어나는 본능적 저항을 반의지(反意志)라고 합니다. 오스트리아의 정신 분석학자 오토 랭크가 이 개념을 처음 언급했고, 미국의 발달 심리학자 고든 뉴펠트가 연구하며 이론을 발전시킨 바 있습니다.

유아동기의 반항을 부모가 잘 이해하고 대처해야 아이는 본능적인 '반의지 심리'에서 스스로 합리적인 선택을 하는 '긍정적인 의지'로 전환시킬 수 있습니다. 이 긍정적 전환은 단번에 완성되는 것이 아니라 아이의 성장 과정에서 천천히 이뤄지게 되므로 부모는 인내심을 가지고 지켜보며 도와야 합니다.

인지 발달이 완전하지 않은 유아동기는 부모의 설명과 설득을 제대로 이해하지 못하므로 합리적인 판단을 내릴 수 없습니다. 어르고 달래도 막무가내로 떼쓰는 아이를 생각해보십시오. 그래서 이 시기의 반항은 대화로써 풀기보다는 그때

그때 상황에 따라 대응해야 합니다. 물론 위험한 행동에 대해서는 단호하게 제지해야 하지만, 화를 내거나 겁을 주거나 체벌을 하는 등 감정적으로 대해서는 안 됩니다.

반항은 부모와 아이 사이의 애착 관계를 변화시키는 계기가 되기도 합니다. 반항을 지나치게 억압하면 아이는 의지가 꺾이면서 좌절하게 되고 부모를 미워하게 됩니다. 이때 아이의 반항심은 더 커지게 되고 부모는 다시 더 큰 힘으로 억누릅니다. 악순환이 일어나는 겁니다.

이때는 아이가 선택할 수 있는 가짓수나 기회를 늘려주는 방법으로 아이 스스로 긍정적인 선택을 하도록 이끌어줍니다. 이를 통해 아이는 부모에게 믿음을 갖게 되는데 자연스럽게 형성된 애착 관계 속에서 아이의 반항은 차츰 줄어들게 됩니다.

손자가 초등학교에 들어가자마자 처음 맞는 운동회날이었습니다. 김밥을 싸 들고 온 가족이 운동회에 참석했는데 정작 손자 녀석이 보이지 않았습니다. 다른 아이들이 게임을 하고 경기를 하는 동안 손자는 운동장 한쪽에 있는 새장 앞에서 공작을 구경하고 있었습니다. 친구들과 어울리지 못하고 혼자 뒤로만 빠져 있는 것을 보고 며느리는 크게 속상해했습니다. 아이를 감정적으로 나무랄 듯한 분위기가 느껴져서 얼른 말했습니다.

"이 녀석이 나를 닮은 것 같구나. 저만할 때 나도 숫기가 없어서 앞에 나서는 게 정말 힘들었단다. 그걸 이겨보려고 나도 무척 노력했지. 그러다 차츰 좋아졌단다."

아마도 엄마가 꾸짖거나 억지로 운동회에 참석하게 했다면, 손자는 엄마에 대한 부정적 감정을 갖는 것은 물론 자신의 내향적 성격이 잘못되었다고 생각했을 것입니다. 나는 아이 엄마에게 손자를 좀 더 지켜보면서 가족이 어떻게 도와줄 수 있을지 고민해보자고 했습니다.

아이의 반항에 대응하는 부모의 태도를 통해 형성된 애착은 아이에게 참을성과 자제력, 그리고 새로운 시도에 대한 용기를 키워주는 역할을 합니다. 가장 좋은 훈육법은 부모의 태도에 달려 있습니다.

✦ 청소년기의 반항은 미성숙한 뇌와 호르몬이 만든다 ✦

청소년기의 반항은 아동기의 반항과 조금 다릅니다. 많은 부모가 유아동기의 반항에는 유연하게 대응하지만, 상대적으로 청소년기의 반항에는 유독 더 대응을 힘들어합니다. 유아

2장 부모만 모르는 내 아이 속이 궁금할 때

동기의 자녀는 아직 어리니까 받아주는 마음에 여유가 있지만, 청소년기는 충분히 합리적으로 생각할 줄 아는데도 부모의 말을 일부러 따르지 않는다고 여기기 때문입니다.

그러나 청소년기 아이들의 반항 또한 자연스러운 성장 과정의 일부입니다. 청소년기에는 급격한 신체 변화가 일어납니다. 육체적인 성장과 더불어 호르몬 변화로 정서가 불안하고 충동적으로 행동하게 됩니다.

특히 우리 마음을 관장하는 뇌의 발달은 20세 전후로 완성됩니다. 가장 마지막에 발달하는 뇌가 전전두엽으로 계획과 실행, 평가를 자기 의지대로 주관하는 기능을 합니다. 즉 아직 전전두엽이 미성숙한 청소년기의 정서불안이 반항으로 드러나는 것은 아주 당연한 현상입니다. 부모와 양육자는 전전두엽이 안정화되는 스무 살 무렵까지 이 반항을 잘 다독여 아이들 스스로 마음을 관리하고 미래를 위한 여러 가지 계획을 세울 수 있도록 도와주어야 합니다.

아동기의 떼쓰는 반항과 다르게 청소년기의 반항은 '나도 할 말이 있다'는 뜻입니다. 보란 듯이 문을 쾅 닫고 들어간다거나 입을 꾹 닫아버리는 것, 날이 선 말로 쏘아붙이거나 문을 걸어 잠그는 것, 가끔은 격한 말을 쏟기도 합니다. 이 모든 반항의 표현들은 '나도 할 말이 있어요!'라고 말하는 것입니다.

　다행히 부모가 아이의 반항을 부모 권위에 대한 도전으로 받아들이지 않고, 무언가 전할 메시지가 있다고 받아들이면 대화의 물꼬가 트일 수 있습니다. 문을 꽝 닫는 것을 무례한 행동이라고 야단치거나, 부모의 권위를 내세워 무시하거나 억누른다면 아이는 마음의 문을 닫기 시작합니다. 이 시기에 관계를 악화시키는 가장 큰 계기는 바로 '말'입니다. 말의 꼬투리를 잡아 감정을 주고받으며 갈등이 깊어지는 것입니다.

　반항하는 아이와 대화할 때 부모는 '참는 연습을 하는 시간'이라고 생각해야 합니다. 할 말이 산처럼 많아도 참아야 합니다. 부모가 말을 시작하면 아이는 귀를 닫습니다. 아주 단순하게, 내가 하고 싶은 말을 참고 아이의 말을 듣는 연습을 하는 시간이라고 생각하면 조금씩 마음의 여유가 생길 것입니다.

　아이의 마음을 빠르게 닫는 부모의 말은 바로 '시끄럽다'입니다. 보통 말문이 막히면 "시끄러워!"라고 하는데, 이 한마디로 정적이 흐르고 대화는 끝이 납니다. 아이는 그 말을 "엄마는 너의 말을 듣지 않겠다"라는 선언으로 받아들입니다.

조곤조곤 옳고 그름을 따지는 부모의 어법도 늘 좋은 것만은 아닙니다. 아이들은 스스로 민주적이라고 자부하는 부모도 견디기 힘들어합니다. '전후 사정이 이러하니 너는 이래야 하지 않겠니'라는 식의 어법은 아이를 막다른 골목으로 모는 것과 같습니다. '시끄럽다'가 뾰족한 칼이라면 지나치게 교훈적인 말은 무거운 바위와 같습니다. 가슴을 짓누르는 듯한 스트레스와 절망감을 줌으로써 아이가 '엄마, 아빠하고는 대화가 안 되겠다'고 체념하게 만듭니다. 부모는 교사가 되어서는 안 됩니다. 기본적으로는 받아주고 들어주는 역할이 먼저여야 합니다.

어느 어머니가 고등학생 딸이 입을 꾹 닫고 말을 하지 않는다고 했습니다. 그래도 학교는 빠짐없이 잘 나가고 있었기에, 담임 선생님에게 물으니 친구들과도 잘 지낸다고 했답니다. 그런데 집에서는 부모를 데면데면 대하고 말 한마디 하지 않으니 답답할 노릇이었지요.

부모 모두 명문대를 나와 사회적으로 인정받고 있었습니다. 나는 그 어머니에게 어떤 부모가 되고 싶냐고 물었습니다. 아이가 큰 어려움 없이 사회에서 성공하고 인정받을 수 있도록 안내해주는 부모가 되고 싶다고 하더군요. 그래서 아이에게 일찍부터 좋은 이야기, 좋은 말을 많이 들려주었다고 합니다.

아이가 사춘기가 되자 부모는 일주일에 한 번 토론회 비슷한 것을 했다는데, 들어보니 교장 선생님 훈화 말씀 같은 것들이었습니다. 위인들의 성공담이나 위기 극복의 이야기, 교훈적인 명언을 주로 들려주었다고 합니다. 과연 딸아이는 부모가 의도한 대로 감동을 받고 '나도 저렇게 살아야지' 하고 다짐했을까요.

내가 내린 처방은 아이에게 하고 싶은 말이 있더라도 꾹 참으라는 것이었습니다. 아이가 무슨 말을 하든 들어보겠다는 마음이 먼저여야 한다고 했습니다. 아이의 주장이 어설프더라도 이는 아이 나름대로 정당한 논리이기에 반박하지 말아야 합니다. 대신 '네 생각은 그렇구나, 엄마 생각은 이래' 하는 정도면 됩니다. 이 과정이 반복되면 아이는 부모에게 마음을 열게 됩니다. 아동기 아이와 청소년기 아이는 전혀 다른 아이라는 것을 기억하십시오.

✦ 사랑스러운 아이, 반항하는 아이 ✦

간혹 어머니들과 이야기를 나누다 보면 아이의 일기장을

몰래 읽어보고 큰 충격을 받았다고 호소하는 분들이 있습니다. 부모를 향한 반말은 좀 나은 편입니다. 엄마가 죽었으면 좋겠다거나, 어른이 되면 복수하겠다, 크면 반드시 고려장을 해버리겠다는 내용도 있습니다. 엄마는 엄청난 배신감에 끙끙 앓습니다. 이 아이가 정말 내 배로 낳은 아이가 맞는지, 방글방글 애교를 떨던 그 아이가 맞는지, 눈물이 나고 심장이 터질 것 같다고 합니다. 나는 말합니다.

"예쁘고 사랑스러운 아이도 당신 아이이고, 엄마에게 욕하는 그 아이도 당신 아이가 맞습니다."

사실 일기장을 훔쳐보지 않는 게 가장 좋은데, 어쩔 수 없이 판도라의 상자를 열었다면 아이에게 내색하면 안 됩니다. 자칫 부모에 대한 엄청난 불신으로 이어지고, 어떤 경우에는 아이에게 돌이킬 수 없는 트라우마를 남기기도 합니다.

"어라, 요 녀석 봐라. 입혀주고 재워주고 사랑해줬더니 요 당돌한 것이!' 하는 마음으로 너그럽게 봐주세요. 성난 물소처럼 이리 뛰고 저리 뛰고 자신도 주체할 수 없는 마음을 일기장에 쏟아내고 해소할 수 있으면 다행입니다.

부모를 미워하는 것은 아주 당연한 성장 과정입니다. 모른 척하고 넘어가 주면, 아이는 언제 그랬냐는 듯 엄마에게 안기고 어리광을 피울 것입니다. 훗날 그 일기를 읽어본 아이는 쥐구멍에라도 숨고 싶을 만큼 부끄러워하지 않을까요.

　아이의 반항이 시작되면, 부모는 자녀와 수없이 많은 밀당을 해야 합니다. 갈등의 골이 깊어지면 아이가 미워지기도 합니다. 그 또한 당연한 감정입니다. 아이가 꼴 보기 싫을 만큼 미운 감정이 생기면, 죄책감을 느끼기보다 잠시 떨어져 마음을 추스르는 것도 좋습니다. 어쩌면 아이 때문에 가장 힘든 그 시기야말로 아이에게 더 많은 관심과 사랑이 필요한 때인지도 모릅니다.

　부모는 온갖 방법을 동원하여 자녀를 잘 키우려 애쓰지만, 뜻대로 되지 않는 경우가 더 많습니다. 부모의 노력이 헛된 수고처럼 허무하게 느껴진다면, 반대로 아이에 대한 믿음을 되새겨 보십시오. 부모의 조바심은 아이를 불안하게 만듭니다.

　인간은 누가 가르쳐주지 않아도 자연스럽게 성장하는 힘을 가지고 태어납니다. 자연이 준비한 그 힘을 발휘할 수 있도록 지켜봐야 할 때가 있음을 잊지 마십시오.

시시한 대화가 쌓여야
깊은 대화가 됩니다

◗ ✦ ◖

아들이 초등학교 다닐 때입니다. 반공 교육을 받던 시절이었지요. 어린아이들도 예외는 아니어서 공산당을 머리에 뿔이 난 도깨비나 늑대로 그리게 했습니다. 아들이 학교에서 그린 도깨비 그림을 내게 보여주면서 공산당은 나쁜 사람이냐고 물었습니다. 나는 사실을 정확하게 알려주고 싶어서 공산당도 우리와 똑같은 사람이며, 공산당 간부들과 정치하는 사람들이 국민을 이용하는 것이라고 자세히 말해주었습니다.

이튿날 저녁 담임 교사가 가정 방문을 왔습니다. 아들이 '공산당은 좋은 사람'이라고 했다는 것입니다. 놀란 담임 교사가 그 말의 출처를 캐려고 나를 만나러 온 것입니다. 나는 아들에게 했던 말을 그대로 전했습니다. 설명을 듣고 난 담임 교사는 고개를 끄덕이며 오해를 풀더군요.

내 말을 이해하기에는 아들은 아직 어렸습니다. 중간 설명은 다 잊어버리고 '공산당은 나쁜 사람이 아니다'만 기억에 남은 것입니다. 선생님이 집까지 찾아와 아버지와 심각하게 이야기 나누는 모습을 본 아들은 어리둥절해했습니다. 적어도 중학생은 되어야 이해할 수 있는 이야기를 해주었으니 아이에게 혼란만 심어준 셈입니다. 자녀의 정신적 성장 단계에 맞춰 대화해야 하는 양육의 기본 원칙을 새삼 실감한 일이었습니다.

대부분의 부모는 자녀와 나누는 대화를 중요하게 생각하지만, 그만큼 또 어려워합니다. 유아기에서 아동기, 청소년기로 성장하면서 대화는 점점 줄어드는데, 어떤 부모는 사춘기 아이에게 어떻게 말을 걸어야 하는지 막막할 때가 있을 정도라고 합니다. 여러 원인이 있지만, 대화의 중심을 부모가 쥐고 있기 때문입니다. 그러면 대화가 정말 필요한 순간, 이를테면 아이가 잘못을 저질렀다거나, 문제 행동을 했을 때 부모는 흥분하고 감정적으로 대하게 됩니다.

인간은 불쾌한 상태가 되면 그것을 빨리 털어버리려는 본능이 앞서지요. 이럴 때일수록 부모는 이성을 잃지 말고 대화할 필요가 있습니다. 감정 섞인 대화가 반복되면 아이는 부모와 말하는 것 자체를 꺼리게 됩니다. 부모 역시 자녀에게 감정을 마구 쏟아낸 것을 후회하고 미안한 마음을 가지게 되어 대화를 불편하게 느끼기 시작합니다.

그렇다면 대화의 중심을 아이 편에 둔다는 것은 무슨 의미일까요? 단적으로 '대화는 내가 아이에게 사랑을 표현하는 도구'라고 생각하는 것입니다. 연인들은 서로 상대의 마음을 헤아리며 단어 하나도 신중히 골라 말합니다. 유아동기의 대화법도 이와 비슷하지요. 이러한 마음을 청소년기에도 유지하면 어떤 문제 상황에도 차분하게, 감정을 실어 말하지 않게 됩니다.

아이 때문에 화가 날 때면 일단 침묵하는 것도 방법입니다. 머릿속에 가득한 말을 참았다가, 화가 가라앉은 다음 전후 사정을 따져보고 할 말을 정리하는 것이지요. 사춘기 아이와 대화할 때는 평소 이런 대화의 규칙을 정해놓도록 합니다. 아이가 기분 좋을 때 함께 정해보는 것도 좋습니다.

콜럼버스가 아메리카 대륙에 도착했을 때 아메리카 원주민들은 바다를 거슬러 오는 함선을 도저히 이해하지 못했다고 합니다. 한 번도 본 적 없고 상상한 적도 없는 커다란 배였던 것입니다. 인간은 자기가 경험하지 않은 일을 받아들이는 데 시간이 걸립니다. 아이는 경험 제로(0)인 상태에서 출발하여 삶을 쌓아갑니다. 아이의 발달 단계를 고려하지 않은 대화는 아무리 좋은 이야기라도 머릿속에 들어가지 않습니다.

불이 뜨겁다는 것을 모르는 아이는 불을 만지려고 하지요. 불에 덴 경험이 있는 아이들은 당연히 불 가까이에 가지 않습니다. 그렇다고 일부러 불을 만지게 할 필요는 없습니다. 이때는 "만지지 말라"라는 부모의 단호하고 엄한 제지가 필요합니다. 논리적이고 추상적인 사고가 발달하지 않은 유아 동기에는 도덕적 규칙에 대한 단호한 태도와 지적 발달을 돕는 공감의 대화가 조화를 이뤄야 합니다. 상황에 따라 어떻게 대응하고, 어떤 대화법을 써야 할지 판단해야 합니다.

아이의 생각 수준을 알아보는 가장 좋은 방법은 '질문하기' 입니다. 물음에 어떻게 답해야 할지 막막할 때 되물어보면 아이의 생각 수준을 알 수 있습니다. 답에 따라 아이가 이해하고 받아들일 수 있는 답을 하면 되는 것이지요.

이제 막 초등학교에 들어간 아이가 묻습니다.

"엄마, 해는 왜 저녁만 되면 산 너머로 가요?"

엄마는 순간 '지구의 공전 어쩌고…' 하는 생각이 떠올랐지만, 이내 이렇게 물었습니다.

"음…, 너는 왜 해가 산 너머로 가는 거 같아?"

"…해가 힘들어서?"

이쯤 되면 엄마는 어떤 답을 해야 할지 알 수 있습니다.

"그래, 해님이 세상을 뜨겁게 비추느라 힘을 많이 써서 자러 가는 거야."

아이의 질문은 새롭고 낯선 경험에 대한 호기심에서 비롯됩니다. 답을 못 듣거나 이해하기 어려운 대답은 아이의 호기심을 사라지게 합니다. 대화는 아이의 지적 발달, 창의성, 언어, 인성 등에 매우 큰 비중으로 작용합니다.

여러 이유로 양육 시설에서 자란 아이들을 대상으로 조사한 바에 따르면, 아이들이 대체로 호기심이 없고 질문을 하지 않는다는 공통점이 있었습니다. 아이의 물음은 무엇이든 즐겁게 받아주어야 합니다. "아, ○○(이)는 그런 게 궁금하구나", "참 재미있는 생각인데!" 하고 부모가 즐거운 표정으로

반응해주면 아이는 신이 납니다. 내 말을 즐겁게 받아준다는 데서 행복감을 느낍니다. 그런 기분 좋은 경험이 반복되면 아이는 질문하기를 주저하지 않게 됩니다.

아이들은 부모가 생각하는 것처럼 정확하고 논리적인 답을 알고 싶은 것이 아닙니다. 대화는 교육과 배움에 목적이 있기도 하지만 즐거움을 주기도 합니다. 유아동기에 대화를 많이 나눠야 청소년 시기에 깊이 있는 대화를 나눌 수 있습니다.

나는 네 명의 자녀들을 키울 때 일요일마다 대화 자리를 만들었고, 간혹 대화를 녹음하기도 했습니다. 나중에 들어보니 아버지인 내가 주로 말하는 일방통행의 대화였지만, 훗날 성장한 아이들이 '그래도 아버지는 우리와 이야기하려고 노력했다'는 점만은 인정해주더군요. 부모의 훈육과 가르침에 아이들이 거칠게 반응하고 이를 거부한다면, 일상의 작은 대화조차 부족하다는 뜻입니다.

✦ 시시한 대화와 깊은 대화 ✦

부모와 자녀의 대화 문제를 다룰 때 마이크로소프트사의 빌 게이츠 회장을 예로 많이 듭니다. 빌 게이츠의 부모는 어린 시절부터 자녀와 대화하기 위해 많은 노력을 기울였다고 합니다. 가족이 모이는 저녁 식사와 여행이 게이츠 집안의 전통이었습니다. 빌과 그의 부모는 식사하면서 일상의 사소한 이야기부터 자신의 고민거리를 서슴없이 나누었습니다. 자녀는 생각을 공유하려 애쓰는 부모의 모습을 보고 많은 것을 배웁니다.

집안의 전통에도 불구하고 빌 게이츠도 사춘기에는 심한 반항을 했습니다. 화가 치솟은 아버지가 물 한 양동이를 빌에게 끼얹을 정도였지요. 소년 빌 게이츠는 심리상담을 받았는데, 성인이 된 뒤 이때를 회상하며 이렇게 말했습니다.

"그때 나는 고집이 너무 세고 에너지가 많았어요. 부모님은 나를 키우기 어려웠을 거예요. 상담교사와 이야기를 나누면서 '내가 싸울 사람은 부모님이 아니라 세상의 현실이라는 것'을 알았습니다."

빌의 고집이 얼마나 대단했기에 아버지는 물세례까지 했을까요. 사춘기 자녀를 둔 부모라면 충분히 이해할 겁니다. 빌은 스스로 자신이 어떤 사람인지, 자기 마음이 왜 날뛰는지 알고 나니, 반항을 쏟아낼 대상은 부모가 아니라는 점을 깨달았습니다. 빌이 마음의 중심을 잃지 않은 것은 바로 어린 시절 부모와 나눈 꾸준한 대화 덕분이었습니다.

사춘기가 되면 아이들은 자기주장이 생기고 목소리를 높입니다. 자아의 경계가 넓어지기 때문입니다. 부모는 아이의 자아가 건강하게 자리 잡을 수 있도록 대화의 방법과 주제를 달리해야 합니다. 먼저, 상의하는 마음으로 대화하세요.

'상의'는 수평 관계에서 서로의 생각을 주고받는 것을 말합니다. 이때 부모는 자녀들이 보지 못하는 여러 시선에서 바라보는 견해를 말해줍니다. 예를 들어, 학교에서 싸움을 한 학생들을 주제로 이야기할 때, 두 아이의 입장과 학교 입장을 균형 있게 생각해보도록 질문을 하고 답을 이어가는 것입니다. 현실을 보는 관점이 다양해질수록 아이의 자아는 더 넓어지고 깊어집니다.

✦ 부모도 알지 못하는 답은 어떻게 풀어갈까 ✦

청소년기는 자아가 발달하는 한편 자기만의 가치관이나 사고방식이 뚜렷하지 않아, 자신의 행동과 생각에 대해 갈등하고 불안해합니다. 타인의 눈에 자신이 어떻게 보일지 끊임없이 고민합니다. 대부분의 아이들은 열등감을 느끼게 되는데, 이를 감추기 위해 일탈 행동으로 자신을 드러내거나, 강하게 보이기 위해 허세를 부립니다. 소극적인 아이는 자기만의 세계에 숨어버리기도 하지요. 장 자크 루소는 교육서 『에밀』에서 말했습니다.

"인간은 두 번 태어난다. 한 번은 생존하기 위해서, 또 한 번은 생활하기 위해서 태어난다."

한 인간으로서 자기 삶을 살아내는 것을 루소는 '생활'이라고 표현했습니다. 바로 자아가 발달하는 청소년기에 자기를 의식하고 '자기만의 생활'을 만들어가기 시작하는 것입니다.

즉, 청소년기 고민은 주위 환경과 관련이 깊습니다. 인간관계, 집안 형편, 외모, 공부, 사회환경 등 자기 마음대로 할 수 있는 게 많지 않음을 알아가는 과정에서 비롯됩니다. 이런 고민에 대해 '다 지나간다'는 식으로 섣부르게, 성의 없이 답하면 안 됩니다. 아이에게는 일생일대의 고민이자 성장통이기 때문입니다. 부모는 아이가 자신과 주위 환경을 객관적으로 바라볼 수 있도록 이끌어주어야 합니다.

"좀 지나면 괜찮아질 거야.", "대학만 가면 다 해결될 거야.", "다 너 잘되라고 하는 거야." 등 막연하게 좋아질 거라는 이런 '희망 고문' 식의 대답은 도움이 되지 않습니다. 오히려 "네가 힘드니까 엄마 마음도 무겁구나" 하고 공감을 적극적으로 표현하는 것이 아이에게는 더 와닿습니다.

아이도 속으로는 답이 없다는 걸 알지요. 어설픈 답 대신 아이 스스로 답을 찾아보도록 격려하고, 부모는 '네 곁에 늘 있으니 잊지 말라'는 식으로 대화를 풀어가야 합니다. 아이의 고민에 충분히 공감해주고 함께 고민을 풀어가려는 부모의 모습을 통해 아이는 스스로를 객관적으로 볼 줄 알게 됩니다.

빌 게이츠의 아버지는 '자녀교육에서 가장 중요한 원칙은 무엇이냐'는 질문에 이렇게 답했습니다.

"자녀를 절대 비하하지 마세요. 그리고 부모야말로 자녀의 가장 열성적인 팬(Fan)이 되어야 합니다."

갑자기 말수가 줄거나, 표정이 어두워지거나, 생활 습관이 바뀌는 모습들을 보임으로써 아이는 '나 지금 고민 중이야' 하는 다양한 신호를 보냅니다. "너 요즘 왜 그래? 무슨 고민 있어?" 하며 금방 알은체를 하기보다 조금 지켜보면서 대화의 타이밍을 만드는 게 좋습니다. "○○야, 우리 주말에 맛있는 거 먹으러 갈까?" 하면서 '엄마는 너와 이야기하고 싶다'는 신호를 보내는 것입니다. 그러면 아이는 부모와 어디까지 이야기를 할지 마음의 준비를 합니다.

사춘기 아이는 마치 고슴도치와 같습니다. 고슴도치를 쓰다듬으려면 가시 결 방향으로 천천히 쓰다듬으면 됩니다. 반대 방향으로 쓰다듬으면 고슴도치도 아프고 내 손도 아픕니다. 사춘기 아이와의 대화법 중 '무조건 경청'하는 것이 바로 '고슴도치 쓰다듬기'입니다.

　오래된 이야기이지만 나도 혹독한 사춘기를 통과했지요. 아버지가 일찍 돌아가시고, 엄격한 어머니 밑에서 정말 꽉 막힌 생활을 해야 했습니다. 그때 외할머니가 내 이야기를 많이 들어주셨습니다. 학교에서 있었던 시시콜콜한 이야기부터 화나고 짜증 난 이야기, 답답한 어른들에 관한 험담도 했습니다. 그때마다 외할머니는 별 대꾸 없이 "그러냐" 하며 맞장구치며 들어주셨지요. 할머니의 넉넉한 품 덕분에 나의 폭풍 같은 사춘기도 잠잠하게 지나간 듯합니다.

　나는 이제 외할머니보다 더 오래된 나이를 살고 있습니다. 노인이 되고 보니, 오롯이 남는 건 부모에게 받은 유전자와 기질, 어린 시절의 가정교육뿐이라는 것을 실감합니다. "세 살 버릇 여든까지 간다"라는 말이 딱 맞습니다.

화도 건강한
아이가 냅니다

◗ ✦ ◖

　요즘에는 조부모와 함께 사는 가정이 흔하지 않습니다. 불과 20여 년 전, 내가 네 자녀와 한 건물에 층을 나눠 산다고 했을 때도 언론에 소개될 만큼 화제가 되었습니다.

　많은 식구가 어울려 사는 대가족 안에는 이런저런 다툼이 일어나기 마련입니다. 부모는 자녀들을 혼내며 훈육하고, 조부모는 적당한 중재자 역할을 했습니다. 부모가 자녀에게 상처를 주면 조부모가 달래는 식이었습니다. 무조건 내 편을 들어주는 할머니, 할아버지에게서 아이들은 억울함을 위로받고, 또 형제자매에게 답답한 마음을 털어놓으며 응어리를 풀었습니다. 성별과 나이가 다른, 다양한 식구들과의 교감이 아이의 마음을 단단하게 단련시켰지요.

부부와 아이, 이렇게 단출하게 구성된 요즘 가정에서는 아이의 심리를 좀 더 예민하게 보살필 필요가 있습니다. 우울과 불안증으로 힘들어하는 아이와 상담하면서 "집에서 너와 말이 통하는 사람은 누구니?"라고 물었습니다. 아이는 고개를 저으면서 '그래도 모모와는 이야기를 한다'고 했습니다. 모모는 집에서 키우는 개였습니다. 그나마 아이는 정신적 스트레스를 반려견을 통해 풀고 있었습니다.

가출하는 청소년들의 사연에는 공통점이 있습니다. 집에서 아이의 말에 귀 기울이는 사람이 없다는 것입니다. 집 안에서 찾을 수 없으니 밖으로 나가는 것이 가출인 셈입니다. 부모 가운데 한 사람이라도 아이 말에 귀 기울여준다면 가출 확률은 낮아집니다. 아이에게 가족이란 세상으로부터 보호해주는 울타리이기도 하지만 세상에 나가기 전 마음의 방패를 준비하는 곳이기도 합니다.

인간의 행복과 불행은 감정과 관련이 깊습니다. 정신과 의사의 일은 심리, 즉 사람의 감정을 다루는 것입니다. 내가 만난 환자의 상당수가 자신을 '상처받기 쉬운 사람'이라고 단정했습니다. 자신의 감정을 처리하고 다루는 것에 매우 서툴렀지요. 감정을 표출하고 자제하고 풀어내는 '감정 습관'은 태어나 성장하면서 자기만의 처리 방식으로 굳어집니다. 이 과정에는 타고난 기질과 성장 환경이 영향을 미치는데, 특히 양육자인 부모의 대응 방식이 지대한 영향을 끼칩니다.

✦ 머릿속에 감정의 길을 만들어줘라 ✦

스포츠 선수들은 '멘탈 트레이닝'을 받습니다. 실전에서 고도의 집중력이 필요할 때 흔들리지 않기 위한 정신 훈련이지요. 아무리 실력이 뛰어난 선수라도 감정이 조절되지 않으면 경기에서 지게 됩니다. 감정 훈련은 스포츠 선수뿐만 아니라 평범한 사람에게도 꼭 필요합니다. 감정을 다루는 두뇌 시스템은 '습관'에 지배되기 때문입니다.

모든 학습은 우리 뇌에 길을 만듭니다. 이 길을 따라 비슷한 상황에서 똑같은 반응을 보이게 되는 것입니다. 어릴 때 감정 습관을 잘 만드는 것이 중요한 이유입니다.

먼저 흔히 부모들이 빠지기 쉬운 '착한 아이 콤플렉스' 이야기를 해보지요. 아이들이 부모의 관심과 사랑을 받기 위해 감정을 솔직하게 표현하지 못하고, 부모의 말을 그대로 순종

하는 것을 두고 착한 아이 콤플렉스라고 합니다. 부모의 편리에 따라 아이들의 감정을 억압하면, 아이는 스스로 감정을 처리하는 능력이 점차 약해집니다. 예를 들면 "울지 마, 그만한 일로 왜 우니?", "왜 짜증이야!", "부모에게 화내는 건 절대 안 돼!"라는 말로 화, 분노, 슬픔 등을 참으라고 하거나, 지나치게 이성적으로 따지고 들면 아이는 감정을 마음속에 가두게 됩니다.

감정 표현에 어려움을 느끼는 아이는 자기가 잘못하지 않은 일에도 자책감을 느끼며 괴로워합니다. 학교 폭력으로 피해를 본 아이들 가운데 상당수는 폭력 자체보다 스스로 못났다는 자책감과 모멸감으로 더 힘들어하는 것으로 나타났습니다.

아이를 건강하게 키우는 부모는 아이가 모든 감정을 자유롭게 표현하도록 허용합니다. 기쁠 때 기뻐하고 슬플 때 슬퍼하며 화날 때 화내는 아이가 건강합니다. 자기감정을 참고 드러내지 않는 것은 성숙함의 증거가 아니라 내면에 독을 쌓고 있는 것과 같습니다.

감은 저절로 익어 홍시가 되지만, 카바이드 주사를 넣어 강제로 홍시를 만들기도 합니다. 카바이드 홍시는 고유의 단맛이 나지 않습니다. 겉은 홍시이지만 같은 홍시가 아닙니다.

아이들도 온갖 감정을 자유롭게 발산해야 건강한 마음으로 성장할 수 있습니다.

아이가 화를 낼 때는 이유를 불문하고, 건강한 현상이라고 생각해야 합니다. 화를 낼만 한 사정이 나름대로 있다고 받아들이세요. 그러고 나서 '화의 원인'을 아이와 대화할 계기로 삼으면 됩니다. 주의할 점은 대화의 초점을 '화를 내는 행동'에 두면 안 된다는 것입니다. "왜 화를 내고 그래!"라는 식으로 화내는 행위를 탓하지 말고, "무엇이 너를 화나게 한 거니?"라고 물어야 대화를 시작할 수 있습니다.

✦ '왜?'라고 다그치지 말고 '무엇이?'를 물어라 ✦

'화의 모양'은 기질에 따라 다른 모습을 보입니다. 어떤 아이는 소리를 지르는 것처럼 격한 행동으로 드러냅니다. 또 어떤 아이는 속으로만 품고 있어서 화가 났는지조차 모르고 지나칩니다. 입을 꾹 닫고 참다가 울음을 터뜨리는 약한 기질의 아이도 있습니다. 장시간 화에 잠겨 있는 아이가 있고, 금방 잊어버리고 풀어지는 아이도 있습니다.

평소에 아이가 화를 내는 모습을 떠올려보십시오. 혹시 어디서 많이 본 듯한 모습은 아닌가요? 아이가 화내는 모습은 부모와 많이 닮아 있습니다. 가족은 좋든 싫든 기본 정서를 비슷하게 형성합니다. 희로애락을 표현하고 다루는 방식, 즉 어릴 때부터 익힌 감정 습관은 성인이 되어서도 이어지는 것입니다.

나의 부모는 어떤 식으로 감정을 표현했는지 생각해보십시오. 나는 부모에게서 어떤 영향을 받았습니까? 나에게 남아 있는 부모의 흔적을 생각하면, 지금 내 아이에게 어떻게 반응해야 하는지 감이 잡힐 것입니다.

아이가 화내는 방식과 부모 자신의 감정 표현 방식을 알면, 화를 받아주는 데 여유가 생깁니다. 화가 어떤 상황에서 어떻게 시작되고 잦아드는지 알게 되므로, 아이의 화를 감정적으로 받아치지 않습니다.

'착한 아이 콤플렉스 기질'을 보이는 아이라면 부모는 화가 마음에 앙금으로 남지 않도록 충분히 공감해주세요. "친구가 네 장난감 가져가니까 엄마도 좀 화가 나던데, 너도 기분 안 좋았지?" 하고 물어보세요. 화를 '말'로 표현할 수 있도록 해주어야 합니다.

화를 거칠게 표현하는 아이들 또한 우선 그 감정을 받아주는 것이 좋습니다. 좀 시간을 두고 화가 누그러지고 난 다음 엄마는 너의 화를 이해하고 있음을 은연중에 느끼게 해주세요. 자기감정을 이해받았다는 느낌은 곧 자신의 감정 변화를 인식하고 있다는 뜻입니다. 다음에 비슷한 상황이 벌어질 때 어떻게 대처할지 생각하게 됩니다. 이 과정이 반복되면서 차츰 자기만의 감정 습관을 만들어가는 것입니다. 화가 최고조에 이르러 흥분과 긴장 등 신체적 반응이 격하게 일어날 때는, 화에서 빠르게 빠져나오도록 도와야 합니다.

심리학자 마샤 리네한이 성격장애가 있는 환자들을 치료하기 위해 개발한 기법 가운데 '주의 돌리기'와 '이완하기'가 있습니다. 화가 날 때 그 자리를 떠나기, 친구에게 전화 걸기, 일기 쓰기 등의 방법을 통해 즉각 화의 감정과 화의 대상에서 벗어나는 것이 '주의 돌리기'입니다. '이완하기'는 오감을 이용하여 마음을 편하게 하는 것입니다. 숨을 크게 내쉬기, 따뜻한 물로 샤워하기, 걷기, 강아지와 놀기, 그림 그리기, 라디오 듣기 등이지요. 리네한 박사는 화를 누그러뜨리는 자기만의 방법을 정리해 두었다가 사용할 것을 권합니다. 아이와 함께 놀이하듯 '나만의 화 관리법' 같은 메모를 해두면 좋겠지요.

감정은 희로애락으로 나뉘어 있지만, 그 발현 기제는 같습니다. 즉 내가 원하는 대로 욕구가 충족되면 기쁨과 즐거움, 만족감을 느끼고, 욕구가 충족되지 않으면 화, 고통, 괴로움, 우울, 분노, 짜증, 절망, 불만족 등으로 나타나는 것입니다. 이러한 감정의 발현 기제를 이해하면, 감정의 원인인 욕구에 주목하게 됩니다. 아이와 화(감정)를 동일시하지 않고, 아이의 좌절된 욕구가 무엇인지부터 살피게 되는 것입니다. 그 욕구를 똑바로 마주하고 왜 분노하고 화가 났는지 생각해보는 것입니다.

이 방법은 실제 심리상담가들이 분노조절장애로 힘들어하는 사람들을 치료하기 위한 수단으로 쓰이지만, 평범한 사람의 일상에도 적용해볼 수 있습니다. 자기감정에 휩쓸리기 쉬운 청소년기에는 부모가 아이와 함께 이 방법에 관해 이야기를 나누고 서로 격려하도록 합니다. 감정을 발산하고 절제하는 '감정 기술'은 아이의 삶에서 공부보다 훨씬 더 중요한 삶의 기술입니다.

내 아들은 곶감과 떡국을 좋아하지 않습니다. 사연을 알게 된 것은 얼마 되지 않습니다. 아들이 한창 사춘기 때 일입니다. 당시 아들은 나를 비롯한 집안 어른들에게 불만을 품었던가 봅니다. 권력자에 대해 비판적인 시각을 가지고 있던 아들의 눈에 집안 어른들은 시대에 한참 뒤떨어진 낡은 보수였으며, 빨갱이 운운하며 오가는 거친 대화는 용납할 수 없었습니다. 자신의 뿌리조차 거부하고 싶을 만큼 수치심을 느꼈을 정도였는데, 집안 어른들이 다 모이는 명절 때면 밥상에 앉아 떡국과 곶감을 먹지 않는 것으로 가슴속 분노를 표출했습니다. 또 집안 어른들이 뭐라고 타이르기라도 하면, 자기만의 주문(상대는 못 알아듣는 비난이 담긴 말)을 낮게 읊조렸습니다.

당시 나는 아들의 마음고생을 전혀 눈치채지 못했습니다. 수십 년이 흘러 중년의 아들이 쓴 신문 칼럼을 보고 나서야 뒤늦게 알았지요. 자살을 고민했을 정도라는 대목에서 아내와 나는 많이 놀라기도 했습니다. 내가 '다행이다' 하고 가슴을 쓸어내린 대목은 아이 스스로 자기감정을 통제할 줄 알았다는 것입니다.

정신과 의사의 입장에서 볼 때, 아들은 심리적 어려움 속에서 자신을 지키는 훌륭한 방어 기제를 만들어냈습니다. '떡국과 곶감'을 먹지 않는다거나 '주문'을 만들어 읊으며 그 나름의 소심한 복수를 실현함으로써 가슴속에 꽉 막힌 분노를 어느 정도 해소한 것입니다.

고맙게도 아들은 현명하게 화내는 방법을 스스로 터득했습니다. 감정을 쌓아두었다가 폭발시키지 않고 조금씩 표현하면서, 마치 빵빵한 풍선의 바람이 서서히 빠져나가듯 위험도를 낮춘 것입니다. 이는 무의식적으로 자기감정을 인지했다는 뜻입니다.

아이들의 감정 교육은 바로 이 '감정 기제'를 바르게 이해하는 것에서 시작합니다. 나는 아들에게 '화내는 기술'을 구체적으로 알려주지는 않았지만, 요즘의 부모라면 곁에서 충분히 도울 수 있습니다.

가장 중요한 것은 '화'를 부정적으로 보지 않아야 합니다. 흔히 화를 내면 나쁜 사람이고, 화를 참는 사람은 도덕적인 사람이라고 생각하기 쉬운데, 이런 편견이 화를 억누르게 합니다. 화는 나쁜 것도 좋은 것도 아닙니다. 몸의 자동적인 반응일 뿐입니다. 단지 이 화로 인하여, 나와 다른 사람이 상처입지 않게 잘 다루어야 한다는 원칙을 아이에게 알려주세요.

돌아보면 좋은 삶의 비결은 특별하지 않은 듯합니다. 일상의 평범한 감정을 잘 손질해서 쓰는 데 있지요.

부모가
화를 낼 때

◗ ✦ ◖

　의대 교수 시절, 나는 업무에 불성실한 후배들에게 나만의
방식으로 화를 표현했습니다. 일단 침묵합니다. 그리고 낮은
목소리로, 평소 쓰지 않는 존댓말로 업무 지시를 내립니다.
그러면 후배들은 '이근후가 화났다'로 알아듣고 자신이 어떤
실수를 했는지 살펴봅니다. 후배는 나를 괴팍하게 여겼을 테
지만, 이런 경고신호를 통해 나는 화가 증폭되지 않도록 하고
후배도 충격을 덜 받으리라 생각했던 것입니다.

　부모는 양육자 입장에서 감정을 절제하도록 요구받습니다.
늘 인내하고 부드럽고 포용하는 모습을 이상적인 부모상으
로 그리기도 합니다. 하지만 부모도 아이에게 당연히 화를 낼

수 있습니다. 다만 아이의 화를 잘 받아주고 화를 잘 내도록 이끌어주는 것뿐만 아니라, 부모 스스로 화를 잘 내는 법을 배워야 합니다.

엄마의 화난 모습을 보면서 아이는 잘못을 인지합니다. '엄마 아빠가 화났구나' 하고 마음의 준비를 하면서 자기 행동을 돌아봅니다. 그러나 앞서 말한, 내가 사용했던 침묵과 중저음의 존댓말처럼 간접적으로 화를 전달하는 방법은 짧은 시간에 쓰고, 엄마가 화난 이유를 반드시 설명해주어야 합니다. 엄마가 왜 화가 났는지 듣지 못하면, 예민한 아이일수록 막연히 자기 탓이라고 짐작하며 주눅이 듭니다.

아이가 사춘기가 되면 유아동기와는 전혀 다른 난관에 부딪힙니다. 청소년기의 감정 패턴은 마치 롤러코스터를 탄 듯합니다. 엉뚱한 지점에서 벌컥 화를 내고, 냉소적이고 삐딱한 말투에 매사 부정적으로 반응합니다. 어느 어머니는 아이의 눈에서 뿜어져 나오는 레이저가 제일 무섭다고 하소연하더군요.

부모는 자녀의 감정을 잘 받아주면서도, 어느 순간 욱하는 마음에 고함을 치고 손찌검하기도 합니다. 이런 한 번의 실수는 너무 자책하지 않아도 됩니다. 대신 진심 어린 사과를 해야 합니다. 진심이 제대로 전해지면 아이는 부모의 인간적인 모습에 마음이 조금 자랍니다. 살짝살짝 브레이크를 밟으면 속도가 줄어드는 것처럼, 부모가 지혜롭게 화를 잘 내면 마구 뻗치는 아이의 감정도 조금씩 누그러집니다. 부모가 '화'를 어떻게 표현하느냐에 따라 자녀와의 갈등은 쉽게 풀리기도 하고, 씻을 수 없는 상처로 남기도 하는 것입니다.

✦ '내가 알아서 할게!'라는 말을 자주 듣는 부모에게 ✦

'호모 로퀜스(Homo loquens)'라는 말이 있습니다. 언어적 인간이라는 뜻입니다. 다른 생물 종과 구분되는 인간의 특징 중 하나가 '언어 교감'입니다. 일상에서 언어는 '마음을 싣는 도구'입니다. 어떤 미묘한 차이에서 오는 느낌이나 인상을 '뉘앙스(Nuance)'라고 하는데, 신기하게도 이 뉘앙스만으로 속마음이 드러나기도 합니다. 말을 '양날의 칼'이라고 하는 이유가 여기 있습니다.

특히 부모의 말 한마디는 '아이의 인생을 달라지게 한다'고 할 정도입니다. 말 한마디로 아이들은 마음의 문을 굳게 닫아버리기도 하지요. "누굴 닮아 저러는지 몰라", "동네 창피해서 얼굴 못 들고 다니겠다", "입혀주고 재워주고 용돈 주는데, 뭐가 불만이니?" 내가 만난 환자 가운데 많은 이가 어린 시절 부모의 말 때문에 괴로워했던 기억이 있다고 고백했습니다.

부모는 무심코 나온 말이라고 항변하지만, 가만히 들여다보면 이미 마음에 내재되어 있던 생각이 드러난 것입니다. 생각은 말이 되고, 말은 곧 행동이 됩니다. 이 행동이 다시 습관으로 굳어집니다. 이 구조를 이용하여 생각과 말, 행동을 좋은 습관으로 만들어가면 됩니다.

먼저 아이의 자존감을 떨어뜨리는 말은 절대 하지 마세요. 익숙하게 듣는 조언이지만 쉽지 않지요. '괜찮아', 이 단어를 기억하면 도움이 됩니다. 화가 나는 이유는 상황을 인정하지 못하기 때문입니다. 아이가 울며불며 떼를 쓰면 부아가 나지요. 묻는 말에 대꾸도 없고 방문을 쾅 닫으면 속이 터집니다. 등교 시간에 맞춰 깨워도 안 일어나고, 늦게 깨웠다고 성질부리면 엉덩이라도 때리고 싶어집니다.

이럴 때 '괜찮다!'고 생각해 보세요. 사실 아이 나름대로 다 그럴 만한 까닭이 있습니다. 아니, 이유가 없어도 그 순간에는 '괜찮다'고 생각합니다. 그래야 그다음 대화로 이어갈 수 있습니다. '괜찮아' 하고 위기를 넘긴 다음에는 화를 설명하는 시간을 가져야 합니다. 서로 기분 좋을 때 엄마가 언제, 왜 화가 났는지 이야기를 나눈 다음 같은 일이 일어나지 않도록 아이와 함께 규칙을 만듭니다.

예를 들면, "오늘 아침에 일어나기 힘들었니? 여러 번 깨워도 안 일어나기에 엄마는 좀 화가 났어. 엄마도 출근해야 하잖니. 아침 8시 전에 일어나면 엄마도 여유 있게 출근할 수 있을 것 같아. 네가 좀 도와줄래?"라는 식이지요. 아이의 나쁜 버릇과 행동 교정은 '화'와 '지시'가 아니라 규칙으로 통제하고 함께 만들어가야 합니다.

유아동기 아이들은 일상 규칙을 메모하여 눈에 잘 띄는 곳에 붙여 놓고 스스로 지키게 하는 것도 방법입니다. 작은 포상도 하면 더 효과적이겠지요. 이 시기의 작은 성취감은 청소년기에 이르렀을 때 자기감정을 절제하는 힘으로 발현됩니다.

무엇보다 아이들은 남과 '비교하는 말', '야!'로 시작하는 큰소리, '할 거야, 안 할 거야!'와 같은 양자택일의 말에 매우 민감합니다. 대부분 아이는 이런 말에 '됐어!', '알았다고!', '내가 알아서 할게!'라고 응수하지요. 잔소리 좀 그만하라는 뜻입니다. 이런 말을 자주 듣는 부모라면 아이의 버릇없음을 탓하기 전에 부모의 언어와 말하는 태도를 살펴봐야 합니다.

대화의 기본은 말하기보다 많이 들어주는 데 있습니다. '화'는 부모의 생각을 일방적으로 전달하겠다는 의지의 표현입니다. 이때 아이의 말을 '들어주기'로 마음먹으면 본능적인 화풀이는 일어나지 않습니다. 그런데 아이의 말을 들어준다고 하면서도 어떤 부모는 속으로 대꾸할 말을 만드느라 제대로 듣지 않습니다. '내 생각을 뺀 듣기'여야 합니다. 듣는 동안 "그래서 속이 상한 거야?" 하고 감정을 읽어주거나 "그래서 그런 생각이 든 거야?" 하고 생각을 읽어주면 더욱 효과가 있습니다. 듣기의 기술은 상황에 따라 달라져야 합니다만, 아이의 말을 경청하는 태도는 아무리 강조해도 지나치지 않습니다.

✦ 거리 두기와 모른 척하기 ✦

아이와 부모 사이에 오가는 신경전은 두 사람 모두를 힘들게 하지요. 아이의 심리와 말과 행동을 살피고 관찰하는 것은 양육자로서 당연한 의무이지만, 너무 지나치지 않은지 경계해야 합니다. 부모와 자식 간에도 적당하게 거리를 둘 때가 있어야 합니다. 아이에게 스스로 혼자 노는 시간이 필요한 것처럼 부모도 아이 생각을 내려놓는 시간을 만들어야 합니다.

어떤 부모는 화의 원인을 끝까지 해결하려 듭니다. 아이의 단점이라고 생각하는 것을 끝까지 고치려 듭니다. 왼손잡이 인 아이를 오른손잡이로 고치려는 어머니가 있었습니다. 끝 내 아이는 왼손잡이로 남았지만, 엄마는 이를 알지 못했습니다. 엄마 앞에서는 오른손을 쓰는 척했지요. 이 과정에서 아이는 마음의 상처를 입었습니다. 열등감에 빠지고 대인관계에도 어려움을 느꼈습니다. 왼손잡이에 대한 편견이 심하던 때의 사례이지만, 부모의 판단과 믿음이 늘 옳은 것만은 아니라는 점을 잘 보여주는 예입니다.

똑같은 일로 반복해서 화를 내고 있다면 잠시 멈추도록 합니다. 아이의 문제점이나 단점을 부모가 모두 해결해줄 수는 없습니다. 더구나 부모가 문제라고 생각하는 것들이 사실은 문제가 아닐 수도 있습니다. 지나치게 신경 쓰다 진짜 문제를 만들기도 합니다. 내가 아이의 무엇 때문에 화가 나는지, 그리고 그 화가 정당한 것인지 객관적으로 파악해보는 시간을 가져보세요.

가끔은 아이의 잘못을 모른 척해주는 것도 좋습니다. 아이가 길에서 불량식품을 먹는 것을 우연히 발견한 엄마가 그 자리에서 화를 내고 무안을 줍니다. 도서관 간다고 용돈 받아 나갔는데 뒤늦게 아이 호주머니에서 영화 티켓을 발견하고 버럭 화를 냅니다. 두 사례와 비슷한 경험을 한 부모가 많을 겁니다. 도덕적으로 문제가 되지 않는 일들은 모른 척해주세요. 아이는 부모 몰래 독립 연습을 하고 있는 것입니다.

아이를 대할 때는 경계심을 세울 때와 느슨하게 지켜볼 때를 잘 구분해야 합니다. 아이를 향한 신경이 지나치게 곤두서 있으면 아이는 말과 행동에 제약을 느끼고 위축됩니다. 어린 새를 보호하려고 너무 꼭 쥐면 날개가 상하는 법입니다. 상황에 따라서는, 아이의 거친 행동과 격한 말에 반응을 보이지 않는 것도 괜찮습니다. 그때마다 일일이 반응하고 화를 내고 지적하면 아이는 숨을 못 쉽니다. 부모가 눈감아 주는 약간의 일탈은 아이의 정서 성장에 도움이 됩니다.

✦ 진심이 담긴 사과 ✦

화는 한순간에 폭발합니다. 고함이나 체벌 등 정제되지 않은 화는 엎질러진 물과 같습니다. 감정적으로 표현된 화는 모든 관계에 부정적인 영향을 끼칩니다. 많은 부모가 아이에게 노골적으로 화내고 난 뒤 죄책감에 시달립니다.

한 어머니가 이유 없이 학교에 나가지 않으려는 고등학생 자녀를 설득하던 끝에 뺨을 때리고 말았습니다. 바로 미안하다고 했지만, 아이는 서럽게 울면서 받아주지 않았지요. 엄마는 괘씸했습니다. 원인 제공은 아이가 했는데 사과조차 받아주지 않으니 더 부아가 치밀었던 것이지요. 하지만 시간이 지나면서 엄마는 '내가 왜 그랬을까' 하며 자신을 책망하게 되었습니다.

엄마가 손찌검하는 상황까지 가지 않으면 좋았겠지만, 의도하지 않은 행동이니 조금은 이해되기도 합니다. 이제 남은 문제는 '사과'입니다. 아이 역시 엄마만큼 정신이 없는 상황에서 엄마의 사과는 와닿지 않았을 겁니다. 사과는 하는 사람과 받는 사람 모두 준비가 되어야 합니다. 흥분과 긴장이 사라지고, 차분한 분위기에서 사과가 오가도록 합니다.

단, '너 때문에 내가 그럴 수밖에 없었다'는 식의 변명은 피해야 합니다. 단지 아이가 얼마나 당황하고 아팠을지, 그리고 엄마도 얼마나 속이 상했는지 마음을 담아 말해주세요. 진심이 느껴지면 아이도 마음을 열어 보이고, 자기 잘못을 되돌아봅니다.

루이자 메이 올컷의 소설 『작은 아씨들』에 '사과의 기술'이 나옵니다. 막내 에이미가 둘째 언니 조의 소설 원고를 실수로 벽난로에 넣어 불태웁니다. 화가 난 조는 에이미의 사과를 받아들이지 않지요. 이를 두고 에이미가 투덜대자 큰언니 메그가 이렇게 말합니다.

"네가 한 일은 쉽게 용서할 수 있는 게 아닌 것 같아. 그렇지만 타이밍을 잘 맞춰서 조가 기분이 나아졌을 때 사과해보렴. 언니에게 살짝 뽀뽀하면서 너의 마음을 전해봐."

지혜롭게 화내는 법에는 화를 잘 수습하는 과정도 들어 있어야 합니다. 부모가 화내고 사과하는 모든 과정을 아이의 정서적 성장의 기회로 삼아야 합니다. 화, 그 자체에 집착하지 말고 관계를 잘 풀어가는 실마리로 만드세요.

✦ '유머'를 더하면 문제가 가벼워진다 ✦

자동차의 스프링은 차의 충격을 흡수하는 역할을 합니다. 스프링이 없으면 울퉁불퉁한 길을 지나갈 때 받는 충격으로 차체가 쉽게 고장 나고 맙니다. 유머는 바로 이 스프링과 같습니다. 웃음은 우리 뇌에서 사랑의 호르몬 '옥시토신'을 분비합니다. 웃음은 스트레스를 낮추고 정서적 안정감을 느끼게 하며 사회성을 길러줍니다. 오래 살아보니 생의 고통을 유머로 받아들이는 태도가 인생의 최고수인 듯합니다.

부모가 아이를 통해 느끼는 희로애락은 자연스러운 일입

니다. 기쁨과 즐거움을 당연시하듯 슬픔과 화, 고통도 똑같이 받아들여야지요. 생각해보면 아이의 모든 모습이 다행스럽고 기쁜 일입니다. 작은 문제도 심각하게 여기면 더 큰 문제로 번집니다. 별일 아니라고 생각하면 또 별일 아닌 게 됩니다.

공부 꼴찌인 아이가 어느 날 신이 나서 시험지를 들고 집에 왔습니다.

"엄마 나 오늘 110점 받았어."

시험지를 봤더니 붉은색 줄이 좍좍 그어져 있고 숫자 0이 쓰여 있었습니다. 좍좍 그은 선과 0이 나란히 붙어 있으니 110점으로 보인 거죠. 엄마가 깔깔 웃으며 말합니다.

"이렇게도 읽을 수 있다니 너는 뭘 해도 새롭게 할 수 있겠다!"

유머 감각이 부족한 엄마라면 '이거 큰일 났구나! 애가 앞으로 뭐가 되려나' 걱정하는 마음에 아이를 혼내기도 할 겁니다.

웃음은 상황을 유연하게 전환해줍니다. 아무리 심각한 상황이라도 웃음 한 번에 긴장이 탁 풀어지면서 열린 시선으로 문제를 바라보게 합니다. 웃음과 유머가 문제를 해결하는 윤활유가 됩니다.

영화배우 로빈 윌리엄스는 뚱뚱한 외모에 열등감을 느끼고 친구 없는 외로운 어린 시절을 보냈다고 합니다. 그는 엄마의 관심을 끌기 위해 할머니 흉내를 내거나 우스꽝스러운 몸짓과 유머를 지어냈는데 엄마는 그때마다 크게 웃어주었습니다. 오직 엄마를 웃기기 위해 어린 로빈은 거울을 보며 열심히 연습했지요. 훗날 고등학교를 졸업할 때 학생들끼리 조사한 설문에서 로빈은 '가장 재미있는 친구, 가장 성공할 것 같은 친구'로 뽑혔다고 합니다. 실제로 로빈 윌리엄스의 삶은 영화배우로서 전 세계 사람들에게 웃음과 눈물, 감동을 안겨주었습니다.

오늘 내 아이가 몇 번 웃었는지, 한번 헤아려보십시오. 웃음은 아이와 부모의 관계에 길을 만들어줍니다.

3장
세상과 어울릴 줄 아는
아이로 키우고 싶다면

사람은 사회적 동물이지요. 그렇기에 누구나 다른 사람과 어울리며 살아가는 능력을 배워야 충만한 삶을 살 수 있습니다. 이러한 능력을 '사회성'이라고 합니다. 부모는 자신들이 아이를 키운다고 생각하지만 아이는 세상 속에 어울려 살아가며 또래들과 함께 성장해나갑니다. 어른에게도 사회생활이 제일 어렵듯 아이 또한 마찬가지입니다. 엄마가 전부이던 아이는 서서히 세계를 넓혀나가며 진통을 겪습니다. 이때 겪게 되는 기쁨과 좌절이 아이의 단단한 사회성을 만들어갑니다.

세상과 처음 만나는
아이를 위해

◗ ✦ ◖

신혼 초 월세를 살다가 처음으로 미아리에 전세를 얻어 이사했습니다. 방에 장판을 깔아야 했는데 주머니 사정이 여의치 않아 시멘트 포대를 사서 바닥에 발랐습니다. 그 위에 매직으로 기차, 집, 새, 나무 등 온갖 것을 그리고 니스를 발랐지요. 벽에는 벽지 대신 하얀 모조 전지를 붙였습니다. 어찌어찌 방이 완성되긴 했지만 누가 봐도 볼품없는 마감이었습니다. 변변한 가구도 없었기에 지금 생각해보면 그 방은 정말 방이라고 부르기도 뭣한, 텅 빈 창고 같은 곳이었습니다.

그런데 아이들은 그 방을 참 좋아했습니다. 바닥에 매직으로 그려둔 그림을 장난감 삼아 이런저런 상상 놀이를 하기도 했습니다. 전지를 붙인 벽에는 아이들이 마음대로 그림을 그리거나 낙서하도록 했습니다. 아무것도 없던 방이 차차 아이들의 서툰 그림으로 빼곡하게 채워졌습니다. 그 집에 살 때는 아이들과 대화할 거리를 찾으려고 굳이 노력한 적이 없습니다. 방에만 들어가면 사방이 온통 이야깃거리였으니까요.

훗날 아이들은 어린 시절을 보낸 그 집에서 가장 즐겁게 놀았다고 입을 모아 말했습니다. 가구 하나 없어 주어진 공간에서 더 자유롭게 놀 수 있고 벽에도 마음껏 그림을 그릴 수 있어 적잖이 신이 났나 봅니다.

그때를 떠올리며 자신들을 위해 특별히 배려해준 거 아니냐고 하길래 "아니, 사실 그때는 아무것도 살 돈이 없어서 그랬지" 하고 이실직고했습니다. 아버지의 멋들어진 교육 철학 덕분이려니 짐작하던 아이들은 내 고백에 김이 샌 눈치였습니다. 하지만 아무럼 어떻습니까. 중요한 건 아이들이 그 집에서 놀며 즐거움을 느끼고, 그것을 부모와 나누는 기쁨을 만끽했다는 사실이겠지요.

아이들과 함께 시간을 보내는 게 중요한 이유는, 부모와의 건강한 상호작용을 통해 아이들은 세상을 즐겁게 인식하기 시작하고 정서의 기틀을 마련하기 때문입니다. 부모는 아이가 태어나서 가장 처음 만나는 우주입니다. 자아라는 개념조차 없는 갓난쟁이에게 엄마는 세상 그 자체이지요. 아이는 엄마에게 마음껏 투정 부리고 울다가 또 언제 그랬냐는 듯 방긋 웃습니다. 엄마는 우는 아이가 배가 고픈지, 기저귀가 젖었는지 끊임없이 살피며 욕구를 충족시켜 주고, 아이가 웃으면 함께 웃어줍니다. 욕구와 감정을 한껏 표출하던 아이는 엄마의 반응에 따라 점차 욕구를 조절하고 감정을 전달하는 법을 배우지요. 사회화의 밑그림이 그려지는 과정입니다.

부모는 안전한 울타리를 쳐두고 그 안에서 감정을 교류하며 사람과 어울리는 기쁨을 알려줍니다. 언젠가 아이가 울타리 밖으로 나갔을 때 잘 어울릴 수 있도록 미리 예습을 해두는 것이지요. 어떤 면에서 부모는 복싱의 스파링 파트너와 비슷합니다. 본경기에 오르기 전 충분한 대전을 거쳐 실력을 가다듬도록 도와주는 역할을 하기 때문입니다.

아이는 어린 시절 엄마와 아빠 사이에서 배운 인간관계 양식을 평생 반복하게 됩니다. 그래서 첫 사회 적응 연습장으로서의 가정이 필요하고, 즐거움을 경험하는 놀이터라는 공간이 중요합니다.

✦ 즐겁게 노는 아이가 즐겁게 산다 ✦

요즘에는 놀이 치료실이 있는 아동상담센터가 많더군요. 놀이 치료실은 상담가가 아이와 함께 놀면서 아이가 감춰둔 문제를 자연스럽게 끌어내어 치유하는 곳입니다. 베테랑 상담가에게 가장 난감한 일이 무엇인지 물어보니 의외의 답변이 나왔습니다. 부모가 아이와 함께 노는 방법을 모른다는 겁니다.

처음에는 이게 무슨 소리인지 알 수가 없었습니다. '인간에게 놀이는 본능과도 같은 것인데 놀 줄을 모른다니?' 의아한 마음에 물어보니, 정말로 놀 줄을 모르는 게 아니라 아이가 놀이를 통해 지식 쌓기를 바라는 마음이 크다는 얘기였습니다.

아이가 자동차에 관심을 가지면 바로 "이건 뭐지? 옳지, 자동차, 자동차예요", "이건 무슨 색깔일까? 파란색? 빨간색? 얼른 대답해야지!" 하는 식으로 아이에게 지식을 가르치려 든다고 합니다. 아이는 그저 자동차를 집었을 뿐인데 엄마는 자꾸 공부하라는 식이지요. 엄마의 반응에 지친 아이가 자동차를 놓고 실로폰이 있는 곳으로 가면 이번에는 곁에 붙어 도레미를 가르치려 한답니다.

이런 행동이 반복되면 아이는 놀이에서 흥미를 느끼지 못하고 지쳐버립니다. 즐거움은 저 멀리 도망가겠지요. 나를 세상에서 가장 사랑해주는 엄마와 노는 것도 이렇게 지루한데, 친구와 놀면 재미있을 거라는 생각은 아예 하지도 못할 겁니다.

놀이의 목적은 오로지 재미, 그것도 함께하는 재미에 있습니다. 아이에게 놀이란 백지 상태에서 상상의 나래를 펼치는 과정이지, 지식을 쌓는 공부가 아니지요. 학습이 채움이라면 놀이는 비움입니다. 모든 상황을 잊고 지금 여기에 집중하며 '쓸데없는' 일을 하는 게 얼마나 재미있는지, 특히 그 '쓸데없는' 일을 누군가와 함께 하면 얼마나 즐거운지를 알려주는 것도 부모의 역할 아닐까요.

아이들이 한창 부모의 손길을 필요로 할 때 나는 무척이나 바쁜 아버지였습니다. 다행인지 불행인지, 덕분에 아이들은 전지를 두른 벽에 아무런 제한 없이 그림을 그리고 이야기를 지어내며 놀 수 있었습니다. 놀이에 끼어들지 않고 판만 깔아줬을 뿐인데 알아서 즐겁게 놀며 자랐습니다. 내가 한 것이라고는 퇴근하고 와서 아이들의 이야기를 듣는 것뿐이었는데 말입니다. 그때를 생각해보면, 아이들에게는 아무래도 '훈계하는 입'보다 '경청하는 귀'가 필요한 듯합니다. 즐겁게 이야기하는 것도 아이들에게는 놀이와 다름없겠지요.

세상에 적응하는 연습은 즐거운 놀이에서 시작됩니다. 그러니 무언가를 가르치려는 마음을 내려놓고 그저 아이와 함께 신나게 놀아보세요. 아이와 한껏 놀다 보면 까르르 웃는 아이 모습에 부모까지 즐거워집니다. 아이가 세상에서 가장 좋아하는 것은 부모의 웃는 얼굴입니다. 부모가 즐거워하면 아이도 덩달아 즐거워집니다. 이렇게 정서적 밀착을 경험한 아이는 세상은 즐거운 곳이라는 인식을 마음속에 싹 틔우게 되고 이후의 삶을 긍정적으로 살아가게 됩니다. 즐겁게 노는 경험이 있는 아이가 성장하면서 즐거운 경험을 만들어가고 사회생활도 즐겁게 해나갑니다.

✦ 부모가 원하는 대로 크지 않는 아이들 ✦

가끔 놀이를 통해 본인들이 원하는 길로 아이를 이끌려는 부모가 있습니다. 예전에는 영어로 온 세상이 들썩이더니, 이제는 컴퓨터 프로그래밍을 많이들 시킨다고 하더군요. 앞으로의 유망 직종이라나요? 하지만 아이들을 아무리 놀이로 유도해봤자 헛수고입니다. 이것만큼은 내 경험을 토대로 보장

할 수 있습니다.

　내 아들은 천문학자입니다. 천문학자의 길을 걷는다고 할
때, 어쩌다 별을 좋아하게 된 것인지 굳이 물어보진 않았습니
다. 나 혼자 은근히 짚이는 부분이 있었던 겁니다. 나는 어릴
때 감나무 위에 올라 외로운 마음을 달래곤 했습니다. 마음이
울적할 때면 거기 올라가서 혼자 울다 내려왔습니다. 그때 감
나무는 저를 달래주는 친구와도 같은 존재였지요.

　전세살이를 정리하고 택지를 분양받아 집을 지을 때, 슬레
이트로 된 지붕이었는데 아이들 방의 천장 한쪽을 뚫어서 지
붕으로 곧장 올라갈 수 있는 사다리를 만들었습니다. '아이들
도 나처럼 높은 곳에 올라 마음의 위로를 받았으면…' 하고
바랐기 때문입니다. 아이들은 기뻐하며 사다리를 기어올라
지붕 위에서 한참을 놀곤 했습니다. 밤에 올라가면 당연히 총
총히 뜬 별이 보였겠지요. 아들이 별을 사랑하게 된 건 아마
이때였을 거라고, 내 결심이 아들의 인생에 큰 나침반이 되었
던 거라고 내심 뿌듯해하기도 했습니다.

　그런데 나중에 알고 보니 내 짐작은 소설 수준의 망상에 불
과했습니다. 아들이 별에 관심을 갖게 된 건 그 집에 살기 한
참 전부터였던 겁니다. 서울 변두리에서 전세를 살던 시절,

아들은 친구들과 골목에서 자주 어울려 놀곤 했습니다. 저녁 무렵, 엄마의 호출에 하나둘씩 친구들이 집으로 돌아가면 아들은 혼자 남아 하늘을 올려다보며 엄마, 아빠를 기다렸습니다. 그런데 밤마다 제일 먼저 빛나는 별 하나가 있더랍니다. 아들은 그 별의 정체가 궁금해 주변 어른들에게 물어보았지만 아무도 그 별의 이름을 몰랐습니다. 그 별의 정체를 알게 된 건 우연히 읽은 학생 잡지를 통해서였습니다. 반짝이며 아들의 눈을 사로잡았던 별은 금성이었지요. 아들은 그렇게 별에 대한 관심을 키우다가 아폴로 11호가 달에 착륙하는 모습을 보고 천문학자가 되기로 결심했다고 합니다.

처음 이 사실을 알고 유쾌한 웃음이 터졌습니다. '내가 이렇게 키워냈지'라고 혼자 뿌듯해하는 부모와 '아니 무슨 소리세요. 나는 나대로 컸는데'라고 어이없어하는 자식이라니, 얼마나 웃긴 이야기란 말입니까. 멋대로 단정 짓고 혼자 뿌듯해하던 내 자신이 우습게 느껴졌습니다.

아이는 부모의 짐작을 여러 번 뒤엎으며 성장합니다. 부모는 종종 자신의 바람과 세속적 욕망이 뒤섞인 기대를 아이에게 투영하고 어떻게든 원하는 방향으로 이끌려고 노력합니다. 하지만 결국에 아이는 이 모든 환경들을 제 방식대로 흡수해 자기 길을 찾아갈 뿐입니다. 부모가 해줄 수 있는 것은 세상에 나가 세찬 회오리를 겪고 쓰러졌을 때 다시 일어설 수 있도록 기초 체력을 길러주는 일뿐이지요.

세상에 나가기 전, 아이와 함께 놀며 즐거운 기억을 듬뿍 채워주세요. 행복한 아이는 모든 것이 갖춰진 것이 아니라 세상을 긍정적으로 바라보는 눈을 가진 아이이지요. 그 힘이 있다면 쉽지 않은 조건이나 환경을 헤쳐나가며 살아갑니다. 아무리 사랑하더라도 대신 살아줄 수는 없는 부모가 아이에게 선물할 수 있는 것은 놀이의 즐거움입니다.

척하지 않는
아이로 키우려면

◗ ✦ ◖

'척한다'는 말을 아시나요? 이 말의 뜻은 자기가 그렇지 않음에도 그런 체하는 것, 즉 자기를 과장해서 포장하는 것입니다. 사람이 건강하게 일생을 사는 방법은 여러 가지가 있겠지만 '척하지' 않고 자기 본래 모습에 가까운 생각과 행동으로 살아갈 수 있다면 참 좋은 일생을 살았다 할 수 있을 겁니다.

예를 들어 착하지 않으면서 착한 척할 수도 있을 것이고, 공부를 잘 못하면서 잘하는 척할 수도 있을 겁니다. 속으로는 나쁜 마음을 가졌으면서도 겉으로는 좋은 사람인 척하면서 살아가는 사람도 많습니다. 이런 종류의 사람들을 나는 '척하는' 사람이라고 말합니다. 가면을 쓰고 사는 사람들이지요.

가면을 쓰면 아무도 내 진짜 표정을 모릅니다. 처음에는 남들 보기에 좀 더 나은 나이니 우쭐해하기도 합니다. 하지만 가면을 계속 쓰고 있으면 어떨까요? 그 누구에게도 내 진짜 마음을 드러내지 못하니 답답해집니다. 사회적으로 연결되려는 건 인간의 본능입니다. 그런데 진정으로 연결되지 못하니 시간이 갈수록 외롭고 허망해질 수밖에요.

일 때문에 가면을 뒤집어쓸 수밖에 없는 업종도 있지요. 대표적으로 콜센터 직원들입니다. 폭언을 들어도 웃으며 응대해야 하는 콜센터 업무는 대표적인 감정 노동으로 꼽히지요. 실제로 콜센터 직원의 우울감을 조사했더니 10명 중 8명은 우울증 위험군에 속하며, 10명 중 7명은 근골격계 질환을 겪고 있다고 나왔습니다. 마음의 상처가 몸의 이상으로 드러난 것이겠지요. 또한 10명 중 1명은 진지하게 자살을 생각한 적이 있다니 심각한 문제입니다.

물론 콜센터 직원들은 자의가 아닌 타의로 가면을 쓴 것이라 '척하는' 사람들과는 다르긴 합니다. 그러나 가면을 쓰고 살아간다는 건, 그것이 아무리 자의였다고 해도 자아에 깊은 상처를 남깁니다. 혼자일 때가 아니면 진정한 나를 드러내지 못한다는 스트레스를 일상적으로 경험하기 때문입니다.

이런 사람들은 그 누구와도 깊이 사귀지 못합니다. 속마음을 털어놓을 수 없어 피상적인 관계만 되풀이하지요. 얕은 관계를 아슬아슬하게 유지하다가 자신의 본성을 들키면 재빨리 끊어내고 다른 사람을 찾아 떠납니다. 평생을 부표처럼 떠다니는 겁니다.

✦ 마음 깊은 곳에 감춰진 열등감 ✦

옛날 성현이 하신 좋은 말씀이 하나 있습니다. '부자비부자고(不自卑不自高)'. 스스로 자신을 자신이 가진 것보다 높이지도 말고, 또 반대로 스스로 가진 것보다 더 낮추어서 말하거나 행동하지 말라는 뜻입니다. 전하고자 하는 본뜻은 있는 그대로 표현하고 행동하라는 것이겠지요. 그렇게 하지 않고 살아가는 사람들은 모두 '척하는' 사람들일 겁니다.

가면을 쓰고 살아가는 사람의 기본적인 심리는 열등감에서 출발합니다. 있는 그대로의 나를 드러내면 남들이 나를 무시할지도 모른다는 불안 때문에 내가 가진 것보다 좀 부풀려서 더 많이 가진 척합니다. 반대로 자기를 낮추는 경우도 마찬가지입니다. 나타나는 현상만 다를 뿐, 같은 뿌리에서 나온 열등감입니다. 있는 그대로를 내보이면 다른 사람이 나를 인정하지 않을 것 같은 불안이 있으니까 더 자기를 낮추어서 행동합니다. 이러면 실제로 자신의 능력이 인정받지 못하는 상황이 오더라도 '내가 이미 잘 못한다고 그랬잖아'라는 생각으로 열등감을 보완합니다. 성현의 말씀이 옳습니다. 높여서 연기하는 것이나 낮춰서 연기하는 것이나 같은 뿌리에서 나온 과장된 행동입니다.

그런데 말은 쉬우나 이를 바로잡기란 매우 어렵습니다. 사람들은 누구나 인정받고 사랑받고 싶어 합니다. 하지만 있는 그대로를 드러낸다면 상대가 나를 인정해주거나 사랑해주지 않을 수도 있지요. 그러면 엄청나게 큰 상처를 입을 것입니다. 결국 이 상처를 피하고 자존감을 유지하려면 가면을 쓰고 연기하는 수밖에 없습니다.

사람은 누구나 열등감을 갖고 있습니다. 그러니 가면을 쓴 사람을 전부 나쁘게만 생각할 필요는 없습니다. 오히려 좋은 사람인 척, 유능한 사람인 척 연기하려고 기를 쓰고 노력하다가 좀 더 나은 수준의 인격에 도달하거나 직업적 성공을 거둔다면 무기력하게 있는 것보다 낫다고 볼 수도 있겠지요.

프로이트와 함께 심리학의 거장으로 불리는 스위스의 정신의학자 카를 구스타프 융은 인간은 누구나 '페르소나

(Persona)', 즉 '가면을 쓴 인격'을 연기하며 살아간다고 했습니다.

아이들은 어릴 때부터 가정 안에서, 혹은 사회 속에서 계속 착한 아이가 되기를 강요당합니다. 동생이 얄밉지만 부모가 동생과 잘 지내길 원하니 속마음과 다르게 '착한 언니', '착한 형'의 역할을 떠맡습니다. 자라서는 선생님의 소원대로 '모범생'을 연기하며 일탈과 비행의 욕구를 누릅니다. 사회인이 되면 회사가 원하는 '성실한 직장인'으로서 맡은 바 책임을 다하려 하지요.

융은 페르소나가 사회생활을 원만하게 유지하도록 돕는 도구이며, 실제로 페르소나 덕분에 많은 일을 성취할 수 있다고 했습니다. 문제는 페르소나에 너무 심취하여 자신과 동일시하려는 유혹에 빠지면 안 된다는 점입니다. 융은 이럴 경우 청년기까지는 사회가 요구하는 대로 살아가다가도 중년기에 이르러 진짜 자신과 페르소나 사이의 간극에 허망함을 느끼고 심각한 위기에 빠질 수 있다고 경고합니다.

✦ 척하는 아이로 만드는 부모 ✦

나는 자녀를 교육할 때 조심해야 할 것 중 하나로 '척하지

않는' 아이로 기르기를 꼽습니다. 융의 이론에 따르면 아이가 가면을 쓰게 된 것도 부모의 욕구에 맞추어나가려는 생존 전략 때문입니다.

아이는 성장하면서 나이에 걸맞은 여러 욕구를 갖게 되지요. "핸드폰으로 만화 더 보고 싶어요", "아이돌 앨범 사주세요! 팬 사인회에 갈래요", "내일 시험이지만 오늘은 여자친구와 놀고 싶어요"라고 있는 그대로의 마음을 솔직하게 표현했다가는 부모에게 인정받지 못할 걸 아이들은 뻔히 알고 있습니다. 그래서 가면을 쓰고 연기하는 것입니다.

부모는 아이가 착하게 구니 그저 뿌듯하고 만족스럽겠지요. 어딜 가서든 자랑스러운 아이를 뽐내고 싶을 겁니다. 하지만 이런 식으로 연기하는 건 그저 상황을 모면하기 위한 것일 뿐, 정작 아이가 독립해 혼자 살아가며 사회생활을 할때는 전혀 도움이 되지 않습니다. 오히려 남의 기대에 맞춰 살다 보니 정작 자기는 없습니다.

병원에서 일할 때, 이런 갈등으로 나를 찾은 부모와 아이가 있었습니다.

"명문대에 가야 해", "전문직을 가지든가 누구든 이름만 들으면 다 아는 대기업에 입사해야 한다", "서른이 되기 전에

격에 맞는 사람을 만나서 결혼하렴. 다 너를 위해서 하는 소리야."

내 눈에 그 엄마는 아이에게 없는 재능을 계속 기대하는 듯 보였습니다. '저 아이가 세상을 어찌 즐겁게 살아갈 수 있을까' 하고 보는 내내 안쓰러운 마음이 생겼지요. 처음에는 아이도 부모의 기대를 충족시키고자 기를 쓰고 노력하겠지만 곧 부모의 요구를 다 채울 수 없음을 깨달을 겁니다.

아이에게 선택지라고는 두 가지뿐입니다. 부모에게서 멀리 도망가든지 아니면 부모 곁에서 그런 척하고 살아가야겠지요. 잠시 연기하며 살아간다고 해도 언제까지고 연기할 수는 없습니다. 명문대에 가지 못하는 순간, 부모와의 전쟁이 시작될 겁니다.

나는 이렇게 연기하고 가장하는 사람을 보면 그 뒤에 있는 그들의 부모부터 생각하게 됩니다. 부모가 아이를 있는 그대로 받아들이지 못하고 얼마나 억눌렀으면 성인이 되어서도 줄곧 가면을 쓰고 있을까 하고요. 물론 부모는 자녀가 커서 행복하게 살기를 바라는 마음으로 이렇게 했을 겁니다. 아이도 사랑받기 위해 어떻게든 노력하며 따랐겠지요. 그러나 애초에 잘못된 믿음에 기반한 기대는 서서히 아이를 옭아맵니다.

자녀가 행복하게 살기를 바라는 마음에는 두 가지가 있습니다. 하나는 행복하게 살아가는 방법을 가르쳐서 독립적으로 잘 적응하도록 하는 마음입니다. 다른 하나는 어른이 되어서도 부모가 가르치는 대로, 부모가 원하는 이상적인 삶을 살아갔으면 하는 마음입니다. 이런 부모는 자기 없이는 아이가 한시도 살아갈 수 없을 것이라는 착각에 빠집니다.

아이는 언젠가 어른이 되어야 하는 존재인데, 부모가 아이를 만년 아이 상태로 묶어두는 겁니다. 날개가 꺾인 아이는 부모가 만들어둔 둥지에 남아 그저 시키는 대로 살 수밖에 없는 꼭두각시 처지가 됩니다.

내가 살던 시대와 달리 요즘은 자기 재능으로 직업을 선택하고 그 일로 재미나게 살아갈 기회도 많은 것 같습니다. 모범생인 척 가면을 쓰고 살아야만 하는 세상이 아니라는 뜻입니다. 아니, 오히려 가면을 쓰고 살다가는 손해 보는 인생살이가 될 겁니다.

'척하지 않는' 아이로 키우려면 부모가 먼저 지나친 욕심을 내려놓아야 합니다. 피카소가 될 아이에게 아인슈타인이 되라고 종용했다가 이도 저도 아닌 길을 걷게 된다면 아이에게나 부모에게나 얼마나 애석한 일이겠습니까.

옛말에 "누구든 제 복을 등에 지고 태어난다"라는 말이 있습니다. 사람은 제각기 개성을 갖고 태어나 그 개성으로 먹고 산다는 얘기입니다. 굳이 한 가지 길만 고집하지 않아도 됩니다. 신발에 맞추어 발을 잘라낼 필요가 있겠습니까. 맞는 크기의 신발을 찾으면 그만인 것을요.

사랑을
먼저 채워야 합니다

)◆(

오래전에 카페에서 차를 한잔 마시면서 목격한 모습입니다. 친구 관계로 보이는 두 엄마가 나란히 아이를 데려와 커피를 즐기고 있었습니다. 아직 취학 전일 것 같은 다섯 살 정도의 아이 둘은 엄마 곁에서 저희들끼리 놀고 있었지요. 그런데 갑자기 한 아이가 주머니에서 사탕을 꺼내 포장지를 까더니 우쭐대며 다른 아이를 놀리는 게 아닙니까.

"이거 봐라, 나 사탕 있다! 지금 먹어야지!"

사탕을 가졌다는 이유로 으스댄 것입니다.

"나도 사탕 줘!"

사탕이 없는 아이가 손을 내밀며 나누어달라고 말했습니

다. 하지만 사탕을 가진 아이는 입 안에 든 사탕을 보여주며 약만 올릴 뿐, 나눠주지 않았습니다. 한참을 사정했는데도 말입니다.

이 광경을 보던 어머니 둘은 난처했을 겁니다. 사탕을 먹는 아이의 엄마가 얼른 중재에 들어갔습니다.

"너는 형이잖니. 맛있는 게 있으면 동생이랑 나눠 먹어야지. 얼른 나눠주렴."

좋은 말씀입니다. 두 아이를 어울리게 만들려는 나름의 대처였겠지요. 그런데 상대 엄마는 이미 감정이 상했는지 얼굴빛이 좋지 않았습니다. 사탕이 없어 먹지 못하는 것도 억울한데 약 올리며 나눠주지 않으니 더 화가 났을 것입니다. 자칫하다가는 아이들 때문에 어른들마저 다툴 지경이었습니다. 나는 관심을 가지고 이 문제를 두 엄마가 어떻게 풀어갈지 유심히 살펴보았습니다.

사탕을 먹지 못한 아이의 엄마가 이내 차가운 말투로 자기 아들에게 이렇게 말했습니다.

"얘, 저 사탕은 나눠줘도 먹지 마. 엄마가 이따 백화점에서 저 사탕보다 더 맛있는 사탕 사줄게."

엄마가 화났습니다. 도전적인 말이었지요. 이 말은 아이가 아니라 자기 친구한테 하는 이야기로 들렸습니다.

그때 생각하기를, 왜 서로 나누어 먹으며 어울리도록 이끌지 못하고 흩어지는 말을 했을까 싶었습니다. 아니나 다를까, 나눠 먹으라고 권하던 엄마도 이 말에 입을 다물었고 분위기는 삽시간에 싸늘해졌습니다. 결국 끝까지 어울리지 못하고 아이들은 아이들대로, 엄마들은 엄마들대로 싸운 채 카페를 나섰습니다.

✦ 이기적이어야 이타성을 키울 수 있다 ✦

사탕을 가진 아이가 먼저 사탕을 건네주었다면 엄마들끼리 싸울 일은 없었을 겁니다. 하지만 이맘때 아이들은 이타심을 발휘하기 참 어렵습니다. 내가 아이를 키울 때, 그리고 서너 살짜리 손주 아이와 함께 있을 때면 자주 듣는 말이 있었습니다.

"내 거야! 만지지 마!"

이런 경고에도 누군가 물건에 관심을 두거나 손을 대면 화를 내면서 울음을 터뜨리는 아이도 있습니다. 사실 아이가 자기 몫에 예민하게 구는 건 너무나 당연한 모습입니다. 인간은 원래 이기적인 존재이기 때문이지요. "넌 정말 이기적이구나"라는 말을 들으면 우리는 모두 기분 나빠합니다. 하지만 이기적이지 않은 사람은 없습니다. 이기심은 살아남기 위한 본능이기 때문입니다. 이기심이 없었다면 인류는 다른 동물에게 치여 진작 사라졌겠지요.

신체 발달에 단계가 있듯 정서 발달에도 단계가 있습니다. 이타적인 마음은 난도가 높은 사랑이지요. 이타심에 이르기 위해서는 먼저 이기심을 경험해야 합니다. 나를 아끼고 챙겨본 사람만이 남을 아낄 수 있습니다. 자신을 충분히 사랑하는 '이기심'을 만끽하는 과정은 이타심의 단계로 들어서기 위한 초석 같은 것입니다.

스위스의 심리학자 피아제는 어린이의 정신 발달을 탐구한 끝에 '인지 발달 이론'을 완성했습니다. 그에 따르면 인간은 총 네 단계를 거쳐 인지적 성숙에 도달한다고 합니다. 만 2세부터 7세까지의 가장 두드러지는 특징은 자아중심적 사고입니다. 이맘때 아이들이 숨바꼭질하고 노는 것을 보면 절로 미소가 납니다. 엉덩이는 하늘로 치켜올린 채, 얼굴만 이불에 묻고는 술래가 자길 찾지 못할 거라 여기는 모습이 여간 귀여운 게 아닙니다. 내 눈에 술래가 안 보이니 술래에게도 내가 안 보일 거라 짐작하는 거지요. 이것이 자아중심적 사고입니다.

자아중심적인 아이들은 호불호가 강하고 고집도 셉니다. 자신밖에 안중에 없어서 세상이 자기에게 맞춰야 한다고 여깁니다. 공주님, 왕자님이 따로 없지요. 하지만 아이러니하게도 자아중심적인 사고 덕분에 오히려 역지사지가 가능해지기도 합니다. 내 입장이 생기면서 타인의 입장을 이해할 기반이 갖추어지기 때문입니다.

✦ 이기심을 이타심으로 바꾸어주는 사랑 ✦

우리 가족은 사 남매가 이룬 가족과 우리 부부까지 다섯 가구가 한집에 산 지가 19년째입니다. 19년 전이니까 손자, 손녀들이 전부 어린 나이였습니다. 학교도 가기 전이니 딱 자아중심적 사고를 하던 때였지요. 흩어져 살 때는 형제도 없이 혼자 부모의 사랑을 독차지했는데 한집에서 같이 살다 보니 갈등이 하나둘 불거져 나왔습니다.

초기에는 손주 넷이 많이 싸웠습니다. 싸운 이유야 사소한 것이었습니다. 예를 들면 '할머니를 누가 차지할 것인가' 하는 그런 것들입니다. 나는 이 녀석들을 어떻게 어울리게 만들지 고심했습니다. 우선 아이들이 함께 있을 때는 절대로 누구 한 명의 편을 들지 않았습니다. 싸우는 아이들에게는 눈길

을 주지 않았지요. 중재를 바라던 아이들은 나의 외면에 머쓱
해하더니 이내 자기들끼리 해결하려고 노력하기 시작했습니
다. 서로 싸우다 할아버지, 할머니에게 외면받는 것보다 모두
가 사랑받는 쪽이 낫다고 판단한 것이지요. 대신 조금이라도
상황이 나아지면 크게 칭찬하고 다독여주었습니다.

그리고 아이들이 따로 있을 때는 앞에 있는 아이에게 관심
과 사랑을 듬뿍 쏟아주었습니다. 아이들은 누구나 특별한 사
랑을 받고 싶어 합니다. 어렵사리 이타심을 배우고 있는 아이
의 밑바탕에 깔린 이기심을, 아이와 단둘이 있을 때 한껏 채
워주었습니다. 아이들은 다 함께 있을 때는 점잖고 의젓했지
만, 혼자 남으면 어리광을 부리는 응석받이가 되었지요. 다른
아이들과 있을 때는 하지 못했던 것을 그때만큼은 충분히 만
끽하도록 내버려 두었습니다.

아이는 할머니를 독점하기도 하고, 할아버지와 단둘이 간
식을 나누어 먹기도 했지요. 한참을 그렇게 보내고 나면 아이
는 다시 제 또래 형제들을 찾더군요. 이윽고 아이들은 몇 번
의 싸움 끝에 질서를 잡고 서로 어울리기 시작했습니다.

지금 대학교에 다니는 외손자는 이런 말을 했습니다.

"할아버지가 지금까지 하신 일 중에 제일 잘한 일이 이렇게
함께 모여 사는 거예요. 형제간에 어울리잖아요."

나는 이 말을 듣고 무척 뿌듯했습니다. 함께 모이지 않고 살았더라면 어울림은커녕 흩어졌을 테니까요.

요즘 사람들이 우스갯말로 '입금되면 열심히 하겠습니다' 라고들 하더군요. 일한 만큼 돈을 주면 열심히 하겠지만, 그런 게 아니면 말도 얹지 말라는 소리겠지요. 가만히 생각해보면 아이의 인성도 마찬가지가 아닌가 싶습니다. 배려심 많은 아이로 자라길 바란다면 우선 사랑을 입금해야 합니다.

사랑을 받아본 아이만이 다른 이에게 사랑을 나누어줄 수 있다는 옛말도 맞는 소리입니다. 내 안에 없는 것을 어떻게 타인에게 내어줄 수 있겠습니까. 사랑한다는 말보다 아이와 눈 맞춤을 한 번 더 하세요. '착하지'라는 말보다 아이를 꼭 안아주세요. 사랑은 말에 있지 않고 행동에 있습니다.

아이에게는
친구가 필요합니다

◗ ✦ ◖

아이를 키우면서 최초로 아이에게 서운함을 느끼는 순간은 더 이상 엄마 말을 듣지 않고 또래 친구의 말을 듣기 시작할 때입니다. 어느 순간 아이는 부모보다 친구를 더 가깝게 생각하고 친구의 말에 귀를 기울이기 시작합니다. 그런데 요즘 아이들의 또래 문화가 예전과 달라지면서 또래를 둘러싼 엄마들의 고민도 새로워지고 있습니다.

병원에서 근무할 때, 한번은 십여 명의 엄마가 각자 자기 아이를 데리고 집단으로 찾아온 적이 있습니다. 자초지종을 물어보니 아이들끼리 모여 놀다가 사고를 쳤다고 합니다. 술을 마시고 담배를 피우는 건 물론이고 지나가던 아이들을 때리고 돈을 뺏는 등 중구난방식으로 비행을 저지르다 고발을 당해 경찰서에 연행된 것입니다.

사실 이들은 모두 넉넉한 집에서 풍요롭게 자라온 아이들이었습니다. 그런 집에서 남 부럽지 않게 길러왔는데 갑자기 경찰서에서 연락이 오다니 청천벽력이었을 것입니다. 엄마들은 곧장 경찰서로 달려가 어떻게든 아이를 풀어달라고 하소연하며 적극적으로 나섰고, 경찰서에서는 정신과에 가서 아이에게 심리적으로 문제가 있다는 소견서를 받아 오면 무혐의 처분을 하겠다고 했답니다.

나는 우선 아이와 엄마를 한 명씩 따로 만나 이야기를 나누었습니다. 그런데 아이들의 대답과 엄마들의 대답이 확연하게 달랐습니다. 먼저 아이들은 자기가 잘못한 걸 알지만 친구들과 헤어질 생각이 없었습니다. 친구들이랑 노는 게 너무 좋다며, 앞으로도 친구로 지내고 싶다고 했지요.

그런데 엄마들을 인터뷰해보니 신기한 일이 일어났습니다. 앞서 잘못을 인정했던 열 명의 아이들이 이번에는 모두 피해자로 신분이 뒤바뀐 겁니다.

"선생님, 우리 애는 아무 잘못이 없어요. 정말 착한 아이인데 하필이면 나쁜 친구를 사귀어서…."

모든 엄마가 약속이나 한 것처럼 똑같이 말했습니다. 엄마들 말에 따르면 열 명의 아이들 가운데 나쁜 짓을 저지른 아이는 단 한 명도 없었습니다. 우리 애는 친구를 잘못 만났을 뿐이라며 한탄하는 엄마들에게 단도직입적으로 물었습니다.

"그 나쁜 친구가 대체 누굽니까?"

그러자 엄마들은 바로 답하지 못하고 머뭇거렸습니다. 주동자는 모르지만 하여튼 나쁜 친구들을 만나 착한 우리 아이가 물든 것이라고만 반복해 말하더군요.

자기 아이가 비행을 저지르는 아이임을 인정하지 않고 오로지 친구 탓만 하는 엄마들의 모습을 보니, 잘못을 깨끗하게 인정하고 반성하는 아이들이 오히려 어른스럽게 보일 지경이었습니다. 나쁜 짓을 한 것만 꾸짖고 계도하면 서로에게 든든한 친구로 남을 수 있는 아이들이었는데, 부모들은 일단 이들을 갈라 놓고 보자는 식이었습니다. 아이에게 어울려 놀 수 있는 또래만큼 좋은 게 없는데도 말입니다.

✦ 친구를 만든다는 건 행복을 만드는 길 ✦

인생을 힘들게 만드는 것 중 하나가 무엇일까요? 저는 외로움이라 생각합니다. 나이를 먹을수록 우리는 바쁘다는 핑계로 소중한 관계를 놓치고 삽니다. 가장 소홀해지는 것 중

하나가 친구이지요. 그런데 친구야말로 인생의 외로움을 덜어줄 존재입니다. 아흔에 가까운 내게 가장 즐거운 시간 중 하나가 바로 나와 동시대를 산 친구를 만나 지난날을 이야기하는 것입니다. 그들과 한 자리에서 함께 숨쉬고 있다는 것만으로도 큰 위로가 되지요.

　호주의 디킨대학교에서는 무려 32년 치에 달하는 연구 자료를 토대로 어린 시절의 학업 성취도와 사교 관계, 언어 발달 정도, 신체 발달 정도 등을 측정해 무엇이 성인기의 행복감에 가장 많은 영향을 미치는지 알아보았습니다. 여러 요인을 비교해 분석한 결과, 삶의 만족도를 가장 높이 끌어올린 것은 바로 청소년기까지의 사교 관계였습니다.

　중요한 것은 이 사교 관계에 또래 친구만이 아니라 부모와 동료, 이웃까지 모두 포함되었다는 점입니다. 나이와 관계를 불문하고 여러 사람과 잘 지낸 아이가 어른이 되어서도 쭉 건강하다는 이야기입니다. 사회성이 잘 발달한 아이가 삶에 대한 만족도와 행복감이 높고 더 성공할 확률이 높다는 뜻이지요. 덧붙이자면 어린 시절의 언어 발달이나 청소년기의 학업 성적은 성인기의 행복감과 연관성이 낮았습니다.

　연구팀은 결과를 발표하며 아동기와 청소년기 시절에는 학업에만 매진하기보다 다양한 계층의 사람들과 좋은 인간관계를 맺도록 노력하는 게 미래의 행복을 위한 길이라고 조언했습니다.

가장 흔한 친구 관계는 또래 친구이지만, 친분에 나이는 없습니다. 내가 근무하던 병원에서는 명절이나 크리스마스 때 환자와 직원들이 함께 연극을 하거나 노래를 부르는 행사가 종종 있었습니다. 마침 이때 방문한 아이들을 다행히 환자와 직원들은 반갑게 맞아주었지요. 거기서 아이들은 나이를 막론하고 여러 사람과 어울리며 장난도 치고 세상도 구경했습니다. 그것이 경험이 되어 집에서도 누가 시키지도 않았는데 저희들끼리 합창이나 연극을 연습해 발표회를 열기도 했습니다. 다시 생각해도 기특하고 기분 좋은 추억입니다.

당시 나는 극작가와 연출가의 도움을 받아 국내에 사이코드라마를 치료법으로 도입하고 있었습니다. 그런데 큰아들은 그때 만난 문화예술가 선생들을 유독 잘 따랐습니다. 극작가 선생들도 그런 큰아이가 귀여웠는지 별에 얽힌 이야기를 들려주기도 하고, 아들에게 무대에 오르지도 않은 희곡 초고를 보여주기도 했으며, 아들이 쓴 소설을 읽고 감상평을 들려주기도 했습니다. 지금도 큰아들은 책과 연극, 미술 등 예술 분아에 지대한 관심을 보이고 있습니다. 아마도 이때의 교류가 문화적 자산으로 남은 게 아닌가 싶습니다.

친구는 그런 존재입니다. 새로운 문화, 새로운 이야기를 지니고 내 인생에 들어와 지평을 넓혀줍니다. 그래서 친구가 생긴다는 건 세상을 보는 눈이 하나 더 생긴다는 뜻이기도 합니다.

어린 시절에 아이가 경험한 인간관계와 이를 통해 알게 된 세상은 평생을 풍요롭게 만듭니다. 그러니 아이가 친구와 논다고 할 때는 그 아이가 어떤 아이일지 걱정하기보다 그저 즐겁게 놀다 오길 바라야 합니다. 공부를 등한시하고 친구와 놀기만 한다고 타박할 필요도 없습니다. 아이는 지금 인생에서 매우 중요한 과업을 수행하고 있으니까요.

아이가
잘 어울리지 못한다면

☽ ✦ ☾

　나는 사람을 만나서 각자의 사정을 듣고 의학적 처방을 내리는 일을 평생의 업으로 삼은 만큼 다양한 사람을 만날 수 있었습니다. 책을 내면서부터는 독자와의 만남도 잦아졌지요. 감사하게도 평생에 걸쳐 소중한 인연을 맺을 수 있었고, 인연의 끈을 오래도록 이어갈 수 있었습니다. 이런 나를 보고 "워낙 사람을 좋아하고 너그러워 그렇겠지요" 하고 좋게 말해주는 사람도 더러 있습니다.

　하지만 사실 본래의 나는 활달하고 사교적인 성격과는 거리가 멉니다. 타고나길 내향적인 사람입니다. 사람들과 어울리는 것도 좋지만 고요히 생각을 정리하고 사색하는 시간을 즐깁니다. 내향적인 기질은 내가 생래적으로 가진 것입니다. 검은 머리, 검은 눈동자로 태어난 것처럼 말입니다.

평생 아이를 받아온 산파는 아이가 나오는 모습만 보고 아이의 기질을 파악한다고 하지요. 진통이 시작되자마자 빠르게 나오는 아이는 급한 성격이 많고, 긴 진통 과정을 거쳐 나오는 아이는 느긋한 성격이 많다는 겁니다. 과학적으로 증명된 바가 없으니 믿거나 말거나이지만, 태어나는 순간부터 각자의 기질대로 개성을 드러낸다는 건 꽤 흥미로운 이야기입니다.

✦ 잘 어울리지 못하는 내향적인 아이들 ✦

나와 아내가 낳은 자식 넷은 성격이 모두 다릅니다. 자식의 자식인 손주 대에 이르러서는 더욱 다양한 성격의 아이가 탄생했지요. 손주들은 제각기 자기만의 독특한 기질을 뽐내며 자라났습니다. 나에게는 한없이 사랑스럽고 귀여운 아이들이지만, 아무래도 부모에게 더 걱정을 끼치는 아이가 있더군요. 바로 내향적인 손자였습니다.

며느리는 아이가 친구들과 잘 어울려 놀지 못하고 홀로 떨어져 지내는 게 몹시 신경 쓰였나 봅니다. "지금이야 초등학생이고 어리니 괜찮다지만 커서도 저렇게 혼자 지내면 어쩌죠?"라며 기회만 된다면 억지로라도 친구를 만들어주고 싶은 심정이라고 토로하는 며느리에게, 나는 좀 더 기다려보라고 했습니다. 어느 날 갑자기 많은 아이들 틈에 끼워두는 건 내향적인 아이에게는 큰 고통일 테니 말입니다. 그런데 내향적인 성격은 정말 문제가 있는 것일까요?

예전에 한 내향적인 인물에 관한 책을 읽은 적이 있어 잠깐 소개하려 합니다. 소문난 책벌레 소녀는 자라 하버드 법대를 우등으로 졸업하고 변호사가 되었습니다. 누가 봐도 성공한 삶이었지만 그녀는 자신의 내향적인 성격이 직업에 맞지 않는다는 고민에 빠졌습니다. 동시에 왜 세상은 외향적인 사람을 더 가치 있게 생각하는지 궁금해졌습니다. 그리고 7년간의 탐구 끝에 외향성과 내향성은 서로 다른 성격일 뿐, 우열을 가를 수 없다는 결론을 내렸습니다. 『콰이어트』라는 책을 펴낸 수전 케인의 이야기이지요.

내향적이면 자칫 부정적으로 보일 수 있는 요즘 세상에서, 그녀는 내향적인 사람들은 집중력이 높고 신중하며 통찰력이 뛰어나다는 사실을 발견했습니다. 실제로 인류사의 위대한 도약은 내향적인 사람에 의해 이루어졌지요. 빌 게이츠,

3장 세상과 어울릴 줄 아는 아이로 키우고 싶다면

스티브 잡스, 워런 버핏도 내향적인 성격입니다.

기질이 토대라면 성격은 그 위에 짓는 건물입니다. 튼튼하고 아름다운 건물을 지으려는 건축가가 있다고 칩시다. 그런데 한 군데는 늪지대이고 다른 한 군데는 사막입니다. 건축가는 두 곳에 똑같은 집을 지을까요? 당연히 아닐 겁니다. 두 건물은 외향부터 내부 구조, 건축 자재에 이르기까지 확연히 차이가 나겠지요.

늪지대라면 미리 땅을 파 물을 빼내고 경량 철골을 이용해 주택의 하중을 최대한 줄인 건물을 지을 겁니다. 반대로 사막이라면 지반을 단단히 세우고 열도 적절히 막아 줄 수 있는 벽돌로 사방을 둘러 뜨거운 햇빛과 모래바람을 효율적으로 차단하겠지요. 둘 다 아름다운 건물을 짓는 데는 무리가 없을 겁니다. 외형이 조금 다를 뿐이지요.

내향적인 아이에게 "소심해서 큰일이다", "넌 친구 하나 못 사귀니? 얼른 저기 가서 끼워달라고 해!"라고 억지로 다그쳐 봤자 소용없습니다. 바꿀 수 없는 것을 무리해서 바꾸라 하면 아이는 자기에게 큰 흠이라도 있는 양 주눅 들게 되고 또 그 마음이 얼마나 슬프겠습니까. 부모도 아이에게 "왜 나는 쌍꺼풀이 없어? 키도 너무 작고 머리도 나쁘잖아. 잘못 태어났어. 다시 낳아줘!"라는 말을 들으면 말문이 막힐 텐데 말입니다.

외향적인 아이의 부모에게는 걱정이 없을까요?

"우리 아이는 급한 성격에 욱하는 기질이 있어요. 그래서인지 학기 초에는 친구를 잘 사귀는데 오래가진 않더라고요."

이런 고민을 털어놓는 엄마가 있었습니다. 사실은 자신도 그런 기질을 타고나서 좋은 친구를 많이 잃은 터라 아이의 앞날이 걱정된다고 하더군요. 엄마와 아이는 둘 다 무척 쾌활하고 외향적인 성격이었습니다.

외향적인 사람은 자신감 있고 타인과의 어울림 자체를 즐기며 무슨 일이든 단번에 해치우는 경향이 있습니다. 반면 타인을 지배하려 들고 인내심이 약하다는 특성도 지니고 있지요. 아이의 엄마는 학창 시절부터 꾸준한 노력을 통해 교우관계를 잘 유지하는 기술을 익혔지만 아이는 아직인 것 같았습니다.

나를 찾아와 이런 걱정을 토로하는 엄마에게 물었습니다.

"어머니는 지금도 남들과 어울려 지내는 게 힘듭니까?"

지금은 그런 자기 성질을 알기에 다스리며 어울려 지낸다는 대답이 돌아왔습니다.

"그렇다면 걱정할 필요가 없다는 걸 잘 알 텐데요. 시간을 두고 지켜보시지요."

아이들은 저희들끼리 부딪쳐가며 조금씩 어울리는 방법을 익히기 마련입니다. 걸음마를 뗀 다음 어느 정도 시간을 두고 점차 달리는 것처럼 말입니다. 내향적인 손자를 걱정하던 며느리에게도, 이 어머니에게도 필요한 건 아이를 기다리는 마음이었습니다.

인간의 성향은 크게 내향성과 외향성으로 나눌 수 있습니다. 이 성향은 후천적으로 생긴다기보다는 날 때부터 가지는 기질이며 사회 속에서 사람들과 부대끼면서 조정됩니다. 타고난 성향을 거스르지 않으면서도 긍정적 변화를 이끌려면 어떻게 해야 할까요? 가장 중요한 건 아이의 성향을 있는 그대로 인정해주는 것입니다.

부모 중에는 아이가 자신이나 배우자의 좋지 않은 점을 닮았다고 괴로워하는 사람이 있습니다. 그 모습이 너무나도 보기 싫은 나머지 아이의 기질에 맞지 않는 무리한 요구를 해버리지요.

"우리 집안 대대로 이렇게 소심한 사람은 없었어. 큰 목소리로 당당하게 말하지 못해?"

"누굴 닮아 이렇게 정신없니? 네 누나처럼 차분히 좀 있으렴."

이런 소리를 들으면 아이는 자기에게 잘못이 있다고 생각해서 자꾸 움츠러듭니다. 부모의 눈치를 살피고 자책하지요. 부모님들도 잘 알고 있지만 또 자주 잊어버리는 사실이 바로 아이는 독립된 인격체라는 겁니다. 잘못된 기질이란 없습니다. 부모의 잣대로 내린 잘못된 판단만 있을 뿐이지요.

아이의 어떤 부분이 특별히 눈에 거슬리고 밉게 보인다면, 그건 부모의 마음속에 아물지 않은 상처가 남아 있다는 뜻일 수도 있습니다. 아이의 행동이 이 상처를 건드리기 때문입니다.

시어머니 앞에서 우물쭈물하던 남편의 성향이 답답하던 차에 아이까지 비슷한 모습을 보이면 짜증이 치밀 겁니다. 자랄 때 큰 소리로 윽박지르던 부모님이 늘 싫었는데 아이가 소리 지르고 떼쓰는 모습을 보면 그때가 생각나 과민 반응할 수도 있지요.

나의 감정이 어디에서 비롯되었는지를 차분히 따져보면 그것이 아이와는 별개로 자기 문제임을 알아차리게 됩니다. 자신의 상처를 앞세워 아이를 판단하지 말고 아이의 성향을 있는 그대로 인정해주는 게 성숙한 부모의 모습이 아닐까요.

성향을 인정하고 나면 아이가 사회성의 계단을 한 발씩 내

딛어보도록 이끌 수 있습니다. 내향적이라면 아이가 받아들일 수 있을 만큼만 친구들과의 만남을 이끌어주세요. 지나치게 외향적이라 산만해 보인다면, 집중력을 기르는 놀이라도 접하게 해보세요.

타고난 기질로만 살아갈 수는 없으니 다른 성향을 이해하고 받아들이려면 시간이 필요할 수밖에 없습니다. 기다리는 것이 부모 노릇입니다.

✦ 있는 그대로의 모습으로 어울리는 삶 ✦

저는 손이 귀한 집에서 태어났고 또 당시로서는 드물게 외동아들이었습니다. 어릴 때부터 행여나 내가 잘못될까 봐 부모님은 무엇을 하지 말라는 이야기를 자주 하셨습니다. 부모님이 하지 말라는 것 가운데 친구들과 어울려 놀지 말라는 이야기도 있었지요. 친구들이 나빠서가 아니었습니다. 당시에는 지금처럼 안전한 놀이터가 거의 없었기 때문에, 아이들끼리 따로 놀 곳이라고는 근처의 강가가 전부였습니다. 부모님은 외동아들이 혹시라도 물에 빠질까 봐 아예 물 근처에도 못 가게 하려고 친구를 만나지 못하게 했습니다.

이런 교육 탓에 나는 친구들이 그리운 상태에서 몰래몰래 어울려 왔습니다. 부모님이 아무리 걱정하고 금지해도 친구를 만나고 싶은 마음은 사그라지지 않더군요. 그때의 억눌린 마음이 여전히 남아서인지, 나이 든 지금도 나하고 얘기하자는 사람은 누구를 막론하고 만납니다. 강의를 청하면 어디든 가고, 글을 써달라고 해도 거절하는 법이 잘 없습니다. 나는 세상과 어울리고 싶은 것입니다. 내향적으로 타고났어도 사람을 갈구했습니다. 부모님이 반대해도 어울려 놀았습니다.

되돌아보면 나의 본성은 크게 변하지 않았습니다. 타고난 기질이 이끄는 대로 살다 보니 평생 공부하는 직업을 선택했지요. 조용한 연구실에서 혼자 탐구하는 것은 일상이고, 산에 올라 아무런 말 없이 사색하는 건 작은 쉼표입니다.

기질은 극복의 대상이 아닙니다. 그 사람만을 위해 특별히 준비한 신의 선물이지요. 주어진 선물은 감사히 받는 수밖에 없습니다. 잊지 마세요. 아이의 기질을 바꾸려 하지 말고 아이가 태어날 때부터 가지고 나온 기질대로 키우면 됩니다.

잘 어울리는 아이가
크게 자랍니다

◗ ✦ ◖

엄마가 전부이던 아이는 아동기가 되면서 차츰 친구 관계에 크게 영향을 받습니다. "누가 나랑 놀아주지 않았다", "생일날 몇 명의 친구에게 선물을 받았다"고 얘기하며 친구 관계에 따라 울고 웃습니다. 또래들과 사이 좋게 지내다가도 갈등을 겪으면서 관계를 만들어가는 법을 익히기 시작합니다.

퇴임 후에, 아내와 함께 가족아카데미아를 설립한 덕에 저는 요즘도 젊은 부모 제자들과 만나 가족 관계를 이야기하는 기회가 많습니다. 모임에서 이런저런 얘기를 나누다 보면 요즘 아이들의 또래 문화가 옛날과 많이 달라졌음을 실감하게 됩니다.

첫 번째 특징은 골목 또래가 사라졌다는 점입니다.

"요즘 세상에 부모의 교육관이 아무리 뚜렷해도 학원 하나 안 보낼 수는 없어요. 학원에 가질 않으면 또래를 만날 수가 없으니까요. 놀이터는 파리 날린 지 오래예요."

아이를 둔 부모에게 학원에 왜 보내느냐고 물으니 이렇게 볼멘소리를 하더군요. 본인도 원해서 보내는 게 아니라 그곳이 아니면 또래 친구를 만날 수 없으니 어쩔 수 없이 보낸다는 겁니다. 이제는 아이들이 먼저 학원에 보내달라고 보채기도 한다는군요. 맞는 말입니다.

아이들은 이제 더는 골목에서 놀지 않습니다. 아이들이 채웠던 골목이 사라지고 각종 학원이 그 자리를 대신 차지하고 있지요. 아이들 소리로 왁자지껄하던 골목은 조용해졌습니다. 이제는 학원으로 아이들을 실어 나르는 학원 버스 앞이나 학원 출입구에서나 재잘거리는 소리를 들을 수 있습니다. 과거의 골목 또래가 이제는 학원 또래로 바뀐 듯합니다.

두 번째 특징은 자연스러운 또래 관계 형성 대신 엄마가 중개한 인위적인 또래 관계가 이루어지는 듯합니다. 요즘은 아이가 초등학교 저학년 때까지 같은 유치원 출신이라든지, 아이들 성향이 비슷해 잘 어울리겠다 싶은 아이를 엄마들이 집으로 불러 친구로 만들어주고 있습니다. 산후조리원에 들어가서 만난 엄마들과 인연을 이어가는 부모도 많다고 하더군요. 같은 산후조리원을 다닌 사람이면 경제적인 수준이 비슷할 테고 아이들 나이도 모두 같으니 서로 어울리기 쉽다는 겁니다.

이렇게 엄마들은 친구가 될 아이의 성향을 보는 게 아니라 그 아이의 배경인 가족을 보고 교우 관계를 맺을지 말지 판단합니다. 여기에는 우리 아이가 공부를 잘하려면 공부 잘하는 무리에 속해야 한다는 계산이 들어 있기도 합니다. 그 결과 시골이건 도시건 엄마들은 아이들의 성적을 높이기 위한 전략의 하나로 또래를 활용하려 합니다.

이미 형성된 그룹 내에서 과외 그룹을 만들기도 하고 같은 학원에 보내기도 하지요. 초등학교 고학년에 이르면 서로 정보를 주고받으며 머리를 맞대고 중학교 대비 전략을 짜기도 합니다. 계속 정보를 공유하면 중고등학교는 물론 명문대학교까지 함께 갈 수 있으리라 생각하기 때문이지요.

요즘 또래 문화의 세 번째 특징은 다양성이 부족하다는 것입니다. 옛날에는 학교에 가면 가난한 아이, 부잣집 아이, 공부 잘하는 아이, 못하는 아이가 모두 다양하게 있었고 함께 어울려 또래가 되었습니다. 그런데 요즘은 지역별로 계층이 뚜렷하다보니 관계의 다양성이 축소되었습니다. 주소지가 곧

빈부의 척도가 된 지 오래지요. 빈부 격차가 나는 사람들끼리 이웃사촌이 될 수 없는 시대입니다. 주소지를 근거로 배치되는 학교 내에서, 아이들은 자신과 비슷한 형편인 친구만을 만나게 됩니다. 계층이 다른 삶에 대해서는 무지한 채로 성장하지요. 그 결과 아이들은 다양한 사람들과 어울려 살아가야 하는 실제 세계를 체험할 기회를 잃어버리는 것은 아닌가 하는 생각도 듭니다.

✦ 다양한 친구를 사귈 수 있다면 ✦

나는 이런 또래 문화의 변화를 바라보며 세상이 변하고 있음을 실감합니다. 골목에서 커온 나에게는 골목 또래가 익숙하고 좋지만 지금 아이들은 공부 또래가 익숙한 게 사실입니다.

앞으로도 계속 또래 문화는 바뀌어갈 것입니다. 미래의 또래는 사람뿐만 아니라 로봇이나 인공지능이 될 수도 있지요. 광고를 보니 요즘 아이들은 스마트폰에 대고 뭐라고 외치더군요. 자세히 듣자 하니 "오케이 구글!", "시리야!" 하고 부른 후 "아기 상어 노래를 틀어줘!"라고 요청하는데 아이들은 어색함 하나 없이 기계와도 잘 놀더군요. 인구 감소세가 심각해지면 머지않아 정말로 인공지능 친구가 생기는 날이 올 수도 있겠지요.

이런 흐름이 마음에 들지 않는다고 다시 골목 또래를 만들어주는 것은 억지스럽습니다. 다만 인간은 사회적 동물인 만큼 아이들이 사회성을 갖출 수 있도록 지혜롭게 보완하는 부모의 노력이 필요합니다.

부모가 요즘 또래 문화를 보완하려면 가치관을 조금 더 다양화하는 노력이 필요합니다. 바뀌고 있다고는 하지만, 여전히 부모들이 자녀에게 바라는 것은 공부에 집중되어 있습니다. 자연스럽게 또래도 거기에 맞는 친구들만 맺어주려는 경향이 생길 수밖에 없지요. 그러다 보니 자신도 모르게 소수만 들어갈 수 있는 공부 피라미드의 꼭대기로 아이를 밀어 올리려는 마음이 강해집니다. 공부를 잘해서 성공하는 건 삶의 한 가지 모습일 뿐입니다. 그런데 우리 사회는 이것만 좋다고 너무 과하게 포장하는 것은 아닐까요?

공부는 좀 덜하더라도 마음이 푸근한 친구도 내 아이의 친구가 되면 좋겠다, 공부는 싫어하지만 성격이 좋은 친구도 내 아이의 친구가 되면 좋겠다고 관점을 달리 하면 어떨까요.

아이는 자기가 아닌 다른 세계와 두루두루 어울리면서 경험을 넓혀가고 이것이 새로운 성장의 계기가 됩니다. 다양한 어울림을 통해 자기와 다른 생각을 이해하는 힘을 기르고 낯선 상황에서 섞이며 살아가는 법을 배웁니다. 다양한 어울림은 아이의 시야를 넓혀줘 마음이 큰 아이로 자라게 합니다.

4장

큰소리치지 않고
아이를 키우고 싶다면

한창 아이들이 커갈 때는 나도 부모 노릇이 서툴러 그때그때 닥친 일들을 해결하느라 바빴습니다. 정작 잘해주지는 못하면서 부족한 것만 눈에 보여 당장 고치려 들기도 했지요. 아이들을 다 키워놓고 손주까지 대학생이 된 지금 돌이켜보니 아이와 함께할 수 있는 시간은 정말 찰나처럼 짧더군요. 사랑만 해도 부족한 시간임을 새삼 깨닫습니다. 너무 잘 키우려 애쓰기보다는 아이와 더 많이 눈을 맞추고 더 많이 웃으며 보내기를 바랍니다.

꿈을 꾸는
아이로 키우려면

〉 ✦ 〈

"원래 그렇게 말씀이 없으세요?"

어느 기업에 강의하러 가는 차 안에서 곁에 앉은 홍보실 직원이 물었습니다. 나는 웃음으로 답을 대신했습니다. 그리고 몇 시간 뒤, 강의를 마치고 돌아오는 길에 직원이 다시 물었습니다.

"그렇게 말씀을 잘하시면서 아까는 왜 아무 말씀도 안 하신 거예요?"

나는 대답했습니다.

"미안합니다. 말할 에너지를 아끼느라 그랬습니다."

나는 강의 한두 시간 전에는 되도록 말수를 줄입니다. 말을 많이 하면 정작 강의 때 집중이 안되기 때문입니다. 나이 들어 하루에 쓸 에너지가 줄면서 생각해낸 고육지책이지요.

인체는 각자의 몸 상태에 따라 정해진 에너지가 있습니다. 마음의 에너지도 마찬가지입니다. 건강한 삶은 몸과 마음의 에너지를 스스로 잘 조율하면서 만들어집니다. 어떤 이유로 이 균형이 깨졌을 때 문제가 일어나게 되지요.

요즘 십 대 청소년을 둔 부모와 교사들에게서 자주 듣는 말이 있습니다. 아이들이 아무것도 하고 싶어 하지 않는다는 것입니다. '하고 싶은 일이 뭐니?', '꿈이 뭐니?'라는 물음에 아이들은 '모르겠다' 또는 심드렁하게 '없다'라고 뚝 잘라 답합니다. 달래기도 하고 이런저런 말을 붙이며 대화를 시도해보지만, 대개 '몰라', '귀찮아'와 같은 답을 듣기 일쑤입니다. 답답해진 부모가 아이를 다그치고 잔소리하면 관계는 더 불편해지고 맙니다.

애교 많고 잘 웃으며 호기심 많고 뭐든 열심이었던 우리 아이들은 왜 성장하면서 아무것도 하고 싶은 게 없어진 것일까요?

✦ 게으름 아닌 무기력 ✦

"넌 누굴 닮아 이렇게 게으르니?"

책상에만 앉으면 엎드려 자거나 스마트폰만 붙들고 있는 십 대 자녀에게 부모들은 이렇게 낙인찍듯 말합니다. 정말 아이들은 게으른 것일까요? 몸과 마음의 에너지가 왕성한 청소년기 자녀의 행동이 부모 눈에 게으름으로 비친다면, 그것은 아이가 정신적으로 지쳐 있다는 뜻입니다. 즉 게으름이 아니라 무기력입니다. 하고 싶은 게 없다는 것은 모든 일에 호기심이 없다는 말입니다. 호기심이 사라지면 매사 귀찮고 힘들게 느껴집니다. 무기력이 오래 이어지면 우울증으로 발전하기 쉽습니다.

초경쟁사회에서 우리 아이들은 일찌감치 경쟁에 내몰립니다. 유치원에 들어가기 전부터 시작된 교육은 한글, 영어, 컴퓨터, 음악, 미술 등 쉴 새 없이 계속됩니다. 단순히 배우고 즐기는 것이 아니라 점수가 매겨지고 상벌이 이어집니다. 학년이 올라갈수록 부모의 압박은 커지고, 각종 점수로 서열이 매겨진 아이들은 너무 일찍부터 패배를 경험하게 되지요.

특별한 이상 없이 숨을 못 쉬겠다며 찾아온 초등학교 2학년 아이가 생각납니다. 1년째 다니고 있는 영어학원에서 시

험 때마다 전국 등수를 매기는데, 아이 엄마는 아이가 받아
온 '3천 몇백 등'이라는 성적을 두고두고 곱씹은 모양입니다.
그때마다 아이는 자존감에 상처를 입었고 이것이 육체적 증
상으로 나타난 것입니다.

여느 부모들은 말합니다. 우리 사회에서 대우받고 살려면
좋은 직업을 가져야 하고 그러려면 좋은 대학을 나와야 한다
고. 그래서 조기교육이 대세인 세상에 내 아이만 뒤처질 수
없어 공부를 시키는데 그게 무슨 잘못이냐는 거지요. 그러나
일방적으로 휘몰아치는 교육은 아이가 스스로 생각할 틈을
빼앗아 판단할 힘을 기르지 못하게 하고 결국엔 자율성이 싹
틀 기회를 주지 않습니다.

✦ 꿈꾸기를 강요하지 마라 ✦

서두에, 내가 강의하기 전에 말수를 줄여 에너지와 힘을 조
절한다는 말을 했습니다. 꽉 막힌 고속도로를 힘들게 달려와
이제 막 숙소에 도착한 사람에게 하고 싶은 일이 뭐냐고 묻
는다면 뭐라고 답할까요. '모르겠다', '아무것도 없다'고 할 것
입니다. 아이들도 마찬가지입니다.

많은 아이가 이른 나이에 영어, 수학학원에 다니고 다양한

예체능 강습을 받습니다. 제힘에 부치는 공부가 장기간 계속되면 아이들은 피로감을 느끼게 되고, 심하면 무기력, 공부 거부 등으로 나타납니다. 일종의 '번아웃 증후군(Burnout syndrome, 의욕적으로 일에 몰두하던 사람이 극도의 신체적·정신적 피로감을 호소하며 무기력해지는 현상)'과 비슷합니다. 증상이 나타나는 시기는 초등학교 저학년부터 고등학교까지 다양합니다.

우리 아이들의 배움을 자세히 들여다보면 하나같이 우열을 가리는 수단이 됩니다. 시험을 보고 점수를 매기고, 다음번에는 성적을 더 올려야 하는 긴장 속의 배움이지요. 이런 서열화는 순수한 배움에 대한 호기심을 앗아갑니다. 한마디로 재미가 없으니 하기 싫어지고, 다른 것에도 흥미를 느끼지 못하는 것입니다.

아이의 적성을 찾아주고 싶어서 다양하게 교육한다는 부모도 있습니다. 이런 부모들은 꿈을 이루려면 그만큼 빨리 시작해서 배워야 한다고 믿기 때문에, 아이를 기다려주지 못하는 경우가 많습니다. 아이에게 '하고 싶은 게 무엇인지', '뭐가 되고 싶은지', '꿈이 무엇인지' 수시로 묻습니다. 아이가 만약 하고 싶은 게 없다고 답하면 '얘가 왜 이래?' 하며 이해하지 못합니다. '너는 왜 꿈이 없어?' 하고 아이를 탓하고 꾸짖습니다.

부모들이 생각하는 꿈은 대부분 의사, 변호사, 사업가, 과학자 등 구체적인 '직업'을 가리킬 때가 많습니다. 은근히 그런 꿈을 강요하기도 합니다. 하지만 아이들은 보통 '나는 ○○하기를 좋아해'라는 문장에서 꿈을 키우기 시작합니다. 좋아해서 하고 싶고, 그 일에서 즐거움을 느끼기 때문에 더 알고 싶고 더 잘하려고 노력하게 되는 것이지요.

요즘 '덕후(어떤 분야에 열정과 흥미를 가진 사람이란 뜻의 일본어 '오타쿠'의 한국식 줄임말)라는 말을 많이 씁니다만, 아이가 좋아하는 것을 지지해주는 긍정적인 교육이 한쪽에서 일어나고 있기도 합니다. 어느 곤충학자의 인터뷰에서 자신은 어린 시절부터 나비를 좋아했는데, 부모님이 주말마다 나비를 찾아다니러 동행해주었다고 하더군요. 또 식당을 운영하는 어머니를 도우며 요리사의 꿈을 키운 어느 유명 요리연구가, 아버지의 책장에 꽂힌 소설을 야금야금 꺼내 읽으며 작가로 성장한 분도 기억납니다.

내 아이가 무엇에 흥미를 느끼는지, 어떤 일에 집중할 때 기뻐하고 즐거움을 느끼는지, 거기에서 아이의 꿈에 대한 힌트를 얻으십시오. 비록 그 일이 작고 하찮아 보이더라도 꿈은 한자리에 머물지 않습니다. 계속 발전하기도 하고 전혀 다른 꿈으로 이어지는 징검다리가 되기도 합니다.

부모가 할 일은 '무언가를 좋아하는' 아이의 마음을 살려주고, 응원하며 지지해주는 것입니다. 아이 스스로 선택해서 직접 해보고, 해결하거나 실패하는 경험을 쌓아 나가면서 아이들의 꿈은 단단해집니다. 적절한 지점에서 합리적인 지원을 하는 것이 바로 부모의 역할입니다.

　자발적 마음이 없는 아이에게 학습을 강요하는 것은 언제 무너질지 모르는 위태로운 성을 쌓는 것과 같습니다. 부모의 뜻대로 공부 잘하는 아이가 될 순 있을지라도 평생 남이 시켜야만 할 수 있는 아이로 만듭니다. 아이가 제힘으로 완주하는 동력은 어디에 있을까요? 바로 스스로 꾸는 꿈입니다.

✦ 아이의 호기심 공장은 엄마의 마음속에 있다 ✦

"마음 가는 대로 하렴.
너에게는 네가 원할 때,
원하는 것을 가질 수 있는 권리가 있어.
인생이란 메뉴판에서는
항상 네가 '오늘의 특별한 손님'이기 때문이지.
우리는 햄버거계의 왕이지만,
너는 네 인생에서 절대적인 통치자임을 잊지 마."

근사한 한 편의 시 같지만, 어느 햄버거 회사의 광고 문구라 합니다. 햄버거에 들어가는 속 재료를 선택해서 당신만의 레시피대로 먹으라는 말입니다. 요즘 뷔페식당에 가면 거리낌 없이 먹고 싶은 음식을 골라 양껏 먹는 아이들을 보며 격세지감을 느낍니다. 내가 어릴 때는 먹을 것이 귀해서 어머니가 차려주는 밥상을 군말 없이 받는 것이 당연했기 때문이지요.

경제적 풍요는 아이들에게 많은 기회와 자율성을 허락합니다. 뷔페식당에서 자유롭게 음식을 고르듯, 아이는 일찌감치 자신의 취향을 선택할 줄 알게 됩니다. 산업, 문화예술, 학문 등 모든 분야가 고루 발전하면서 우리 아이들이 꿈꿀 수 있는 일들이 엄청나게 확장되고 있는 것이지요. 그런 분위기 속에서 '다른 사람의 눈치를 보지 말고, 하고 싶은 것을 하라'는 메시지도 자연스럽게 통용됩니다.

전통적인 직업군에 대한 정보만 가진 부모들은 변화하는 세상에 대해 좀 더 관심을 가질 필요가 있습니다. 요즘은 아이가 부모보다 더 빠르게 각종 정보를 접한다고 할 정도입니다. 어떤 면에서는 경계해야 할 부분도 있지만, 아이와 부모가 잘 소통하고 신뢰하며 많은 대화를 나눈다면 큰 장애는 아니라고 봅니다.

꿈의 시작은 호기심입니다. 아인슈타인은 "나는 천재가 아니다. 다만 호기심이 많을 뿐이다"라고 말했습니다. 호기심이 연구에 대한 끊임없는 동기가 되었다는 말입니다. 호기심은 사전적으로 '어떤 것의 존재나 이유에 대해 궁금해하고, 항상 생동감 있게 주변의 사물에 대해 의문을 갖고 끊임없이 질문을 제기하는 태도나 성향'을 말합니다. 호기심이 가장 왕성할 때는 바로 유아동기입니다. 이 시기에 부모가 아이의 호기심을 잘 지지하고 격려해주면, 아이는 스스로 원하는 것을 발견하고 찾아나가는 데 좀 더 수월해집니다.

호기심은 질문과 대답 그리고 칭찬이 삼박자를 이루며 커집니다. 유아동기 아이들이 호기심을 키우는 데는 자연만큼 좋은 수단이 없습니다. 자연 속에서 부모와 아이 모두 마음이 활짝 열립니다. 자연에는 아이들의 흥미를 끌 만한 식물과 벌레들이 가득합니다. 이때 엄마가 먼저 호기심을 보이면 아이들도 따라서 흥미를 느낍니다. 아이에게 엄마는 절대적인 존재이기 때문입니다.

땅에서 기어가는 개미를 보고 "어머. 개미가 한 줄로 가네?" 하고 엄마가 감탄하면 아이들은 자연스럽게 개미에 관심을 두게 되지요. "그런데 왜 개미는 한 줄로 나란히 가는 걸까?", "너는 왜 개미가 한 줄로 간다고 생각해?" 하며 계속되는 엄마의 질문은 아이의 호기심을 자극하고, 아이는 열심히 머리를 굴릴 것입니다. 아이가 나름대로 스마트폰이나 책에서 답을 찾아온다면, 엄마는 크게 칭찬해줍니다.

이 시기의 아이는 엄마가 기뻐하는 표정을 보는 것을 제일 좋아합니다. 이런 열린 대화가 아이의 호기심을 자극하고 스스로 문제를 해결해나가는 재미를 느끼게 합니다. 역설적이게도 아이가 유아동기를 지나 청소년 시기에도 호기심으로 세상을 바라보려면 엄마, 아빠가 먼저 모든 것에 호기심을 가져야만 합니다. 그런 점에서 보면 꿈이 없는 아이들은 어쩌면 부모가 만드는 것인지도 모릅니다.

아이를 지켜주는
최고의 자산

◗ ✦ ◖

아이들이 중학생, 초등학생이던 때였습니다. 아내에게 미국 하버드대학교의 교환교수로 갈 수 있는 기회가 찾아왔습니다. 학자로서는 좋은 기회였지만 아내는 아이들 때문에 고민했습니다. 기간이 무려 1년이나 되었기 때문입니다. 한창 손이 가는 아이가 넷이나 있는데 남편이라는 자는 일에만 매달리고 육아는 나 몰라라 하니 걱정이 안 될 수가 없었겠지요. 그렇지만 포기하기엔 너무 아까운 기회였습니다. 나는 아내의 등을 밀어주기로 결심했습니다.

"아이들은 나와 어머니가 어떻게든 돌볼 테니 당신은 가서 공부하고 와요."

고민하던 아내는 나의 말에 결심을 굳히고 미국으로 떠났습니다. 자신 있는 척했지만 실제로 아내가 떠나고 나니 슬금슬금 걱정이 차올랐습니다. 그전까지는 아이들 돌보기가 온전히 내 몫이라고 생각해본 적이 없습니다. 아니, 오히려 아내에게 떠넘겼다는 표현이 맞겠지요. 오죽하면 아들이 가족 그림에 이불을 덮고 자는 내 발만 그려 넣었겠습니까.

아내에게 호언장담했으니 잘 돌봐야 할 터인데 당장 무얼 해야 하나 막막했습니다. 그런데 그때 마침 한국일보사에서 '주말 거북이 마라톤 대회'를 주관한다는 홍보 기사가 나왔습니다. 그걸 본 순간, '이거다!' 하고 눈이 번쩍 뜨였지요. 나는 1년 동안 일요일마다 이 대회에 참가하기로 결심했습니다.

거북이 마라톤은 이름 그대로 서로 경쟁하지 않고 천천히 어울려 뛰거나 걸으며 결승선을 통과하는 대회였습니다. 장충동 국립공원에서 출발해 남산 팔각정을 찍고 되돌아오는 단순한 코스였지요.

나는 아이들 셋과 함께 서로 앞서거니 뒤서거니 하며 어슬렁어슬렁 걸었습니다. 아이들은 뭐가 그렇게 재미있는지 저희들끼리 달려 나가 시시덕거리다가 뒤따라오는 나를 돌아보며 "아빠, 빨리 와요!" 하고 채근하기도 했습니다. 따스한 햇살 아래 까르르 웃으며 팔각정을 향해 올라가던 아이들의 모습은, 내 인생에서 따뜻한 순간으로 남아 있습니다.

마라톤이 끝나면 주최 측은 참가자들을 추첨해 상품을 나눠주곤 했습니다. 우리는 국립극장 계단에 모여 앉아 혹시라도 다음 당첨자는 우리가 아닐지 귀를 쫑긋 세웠습니다. 고대하는 마음에 늘 마지막까지 자리를 지켰지만 1년 동안 단 한 번도 당첨되지 않았습니다. 매번 허탕이었지만 누구 하나 억울해하지 않았습니다. 그것도 재미였으니까요. 돌아오는 길에 오장동 함흥냉면 가게에 들러 냉면을 먹고 집에 가는 것까지가 정해진 코스였습니다.

아내가 자리를 비운 1년 동안, 나는 아이들과 함께하는 기쁨을 오롯이 느꼈습니다. 마음속에도 앨범이 있다면 내 앨범의 절반은 아마 이때 채워졌을 겁니다. 별다른 사건이 있었던 건 아닙니다. 대단한 행운이 찾아온 적도 없고(오히려 상품 추첨에선 매번 물을 먹었습니다), 엄청난 이벤트가 있지도 않았습니다. 그저 주말을 가족이 함께 보내며 자주 웃었을 뿐이지요. 그 사소한 일들이 차곡차곡 쌓여 내게는 잊지 못할 추억이 되었습니다.

그때 아이들을 잘 돌보았느냐고 물으면 자신 있게 대답할 수는 없습니다. 살뜰하게 챙겨주던 엄마에 비해 덤벙거리는 아빠는 못 미더운 보호자였겠지요. 아이들의 학업 면에서도 자신 없습니다. 알아서 잘하려니 하고 맡겨두는 무심한 아빠였으니까요. 그래도 나는 그때의 추억이 아이들의 삶에 조금이나마 따스한 흔적을 남겼으리라 생각합니다.

✦ 추억으로 채우는 자존감 보험 ✦

사람은 무엇으로 살아갈까요. 철학 난제와도 같은 이 질문에 러시아의 대문호 톨스토이는 '따스한 관심과 사랑'이라고 답했습니다. 『사람은 무엇으로 사는가』라는 그의 단편소설에서, 스러져가는 어린 생명을 살린 근원적 힘은 이웃 아주머니의 사랑이었지요. 나는 톨스토이 같은 위대한 작가가 아니라 그럴 자격이 있을지는 모르겠지만, 그가 허락만 한다면 그 옆에 '추억'이라는 단어를 적고 싶습니다.

살아가다 보면 예기치 못한 일 때문에 마음이 다치고 괴로울 때가 있습니다. 세상 누구도 내 편을 들어주지 않는 것 같고, 내 주변엔 아무도 없는 것처럼 공허하지요. 이럴 날엔 날씨도 도와주지 않습니다. 맑은 날이면 맑아서 서럽고, 비 오는 날이면 꼭 울라고 떠미는 것 같아서 울컥합니다. 수렁에 빠진 마음을 건져주는 건 늘 소소한 기억들이었습니다.

다정하게 쓰다듬어주던 어머니의 손길, 아버지와 함께 놀다 숨이 막힐 정도로 웃었던 기억, 할머니와 손잡고 장 보러 가서 간식을 얻어먹은 추억. 어린 시절, 주양육자로부터 경험한 눈짓, 체온, 다정한 목소리는 아이가 스스로 '나는 사랑받을 가치가 있는 존재구나'하고 인식하게 합니다. 자신을 소중히 여기는 정서는 자존감으로 이어집니다.

"아빠와 좋았던 추억이 없어요."

"엄마를 떠올리면 그저 공부하란 소리밖에 기억 안 나요."

진료실을 찾던 사람 중에 이런 호소를 하는 사람도 있었습니다. 그들은 부모에게 사랑받은 기억이 없다고 말합니다.

"뭐, 사랑했을 수도 있죠. 저도 자식이니까요. 하지만 단 한 번도 사랑을 체감한 적은 없어요."

이미 사랑받기를 포기한 사람처럼 말하기도 합니다. 정말 부모가 자식을 사랑하지 않았을까요? 당연히 아닐 겁니다. 부모는 자식 잘되라고 따끔한 말도 하고 궂은일도 마다하지 않았지만, 아이에게 남은 것은 그저 차가운 기억뿐입니다. 충분히 사랑받지 못했다고 여기는 이들은, 결국 타인의 사랑을 지나치게 갈구하거나 반대로 냉담하게 잘라내는 사람으로 자라납니다. 드러나지 않았을 뿐 그들도 분명 부모의 사랑을 받았을 텐데 말입니다.

사랑하고 사랑받은 추억은 마음속 깊이 자리 잡은 든든한

4장 큰소리치지 않고 아이를 키우고 싶다면

보험 같은 것입니다. 살면서 지칠 때마다 연금 타듯 그때의 추억을 조금씩 꺼내어 보며 또 하루를 버틸 힘을 냅니다. 요즘은 엄마 배 속에 있을 때부터 태아보험을 든다고 하더군요. 아이의 미래를 걱정하는 부모가 많다는 뜻이겠지요. 아이의 신체를 보호해줄 보험도 중요하지만, 마음을 따뜻하게 보호해줄 추억 보험도 든든하게 준비해야 합니다. 마음 보험이야말로 부모만이 줄 수 있는 최상의 보험일 겁니다.

✦ 인생은 일상의 작은 추억으로 빛난다 ✦

"행복한 추억을 만들어주고 싶기는 하죠. 하지만 시간도 없고 돈도 충분치 않아서요. 여행 같은 건 꿈도 못 꾸는데 자꾸 추억을 만들라 하시면…."

아이와 함께 시간을 보내며 추억을 쌓으라 하면 부모들은 이렇게 항변할 수도 있겠지요. 아무래도 추억이라는 말은 여행과 짝꿍인가 봅니다. 다들 당장 여행 갈 고민부터 하는 걸 보면 말이지요.

물론 여행을 떠나도 좋지요. 새로운 세상을 경험하는 건 아이들에게 무척 흥분되고 신나는 일입니다. 하지만 방학 숙제를 몰아서 하듯 선심성 여행으로 그간 못 채운 추억을 퉁치려는 것이라면 어림없습니다. 여행 뒤에는 또 다음 여행까지 아무런 추억 없이 살아갈 생각인가요? 추억은 그렇게 쌓이지 않습니다.

지나고 보니, 아이들이 원하는 건 대단한 게 아니었습니다. 별것 아닌 것으로 깔깔대며 웃는 유쾌한 장난질, 번쩍 들어 올려 목말 태워주는 아빠의 손길, 곁에 앉아 책을 읽어주는 다정한 목소리, 퇴근길에 사 들고 오는 간식거리 같은 거였지요. 긴 시간이 필요한 것도 아니고 돈이 많이 드는 것도 아니었습니다. 그저 따뜻한 말과 신체 언어로 아이와 함께하는 이 순간이 소중하다는 걸 표현하면 되는 것이었지요.

온전히 아이들과 보내던 1년 동안 나는 재미있게 놀아주려고 노력했습니다. 그때 어떤 놀이를 했는지, 어떤 대화를 이어나갔는지는 잘 기억나지 않지만, 그 추억이 아이들 마음속에 든든한 피난 기지를 만들어주었을 거라고 나는 제멋대로 생각합니다. 내가 세상을 떠난 뒤, 힘든 일이 있을 때 그 피난 기지에 들어가 잠시 쉬었다 나왔으면 합니다. 거창하지 않더라도 하루 10분의 추억이 아이 삶을 풍요롭게 할 수 있습니다.

공부의 재미를
알려주세요

◗ ✦ ◖

일흔이 넘어 미국에 갔다가 시애틀에 사는 의과대학 동창을 만났습니다. 화제는 자연스레 함께 공부하던 대학 시절로 이어졌습니다. 놀랍게도 친구는 그때 무슨 과목, 무슨 내용을 공부했는지를 아주 재미난 기억으로 간직하고 있었지요. 나는 하나도 떠오르지 않는 것을 친구는 다 기억하고 있으니 신기하기도 하고 마음 한편으로는 부끄럽기도 했습니다.

그날 숙소로 돌아와 곰곰이 생각해보았습니다. 왜 똑같은 걸 배웠는데 한 사람은 50년이 지난 지금까지 또렷이 기억하고 다른 사람은 전혀 기억하지 못할까. 과거의 기억을 더듬어 내린 결론은 '즐거움'이었습니다.

친구는 대학 때부터 사람의 몸과 마음에 대해 의학적으로 알아가는 것을 무척 즐거워하고 재미있어했습니다. 그에 비해 나는 그 시절 낙제에 대한 두려움으로 시험을 준비하기 바빴습니다. 의과대학에 진학했지만 적성에 맞지 않아 마음은 늘 인문학이나 예술에 가 있었습니다. 그러다 보니 수업시간은 괴로움이고 시험은 공포였지요. 그래서 시험을 마치고 나면 지우개로 머릿속을 깨끗하게 지운 것처럼 배운 내용이 아무것도 기억나지 않았습니다.

　내 친구는 진정한 공부를 했기에 50년이 지나도 공부한 내용을 즐겁게 기억하고 있었던 반면 시험만 쳤던 나는 50년 전에 공부한 내용을 까맣게 잊은 것이지요.

✦ 공부의 이유는 시험 준비가 아니다 ✦

　고백하건대, 일평생 공부한 나도 지난 삶을 돌아보면 공부에 재미를 느낀 적이 없었습니다. 더 정확히 말하자면 공부하는 흉내만 냈을 뿐 공부다운 공부를 한 적이 없습니다. 스스로 주인공이 되어 즐기는 게 공부인데, 고등학교까지 내 공부의 주인공은 내가 아닌 어머니였기 때문입니다.

　학창시절에는 외동아들 하나만 바라보고 모든 정성을 기울이던 어머니를 실망시키지 않기 위해 나는 공부를 하고 시험을 쳤습니다. 당연히 그 과정이 즐거울 리 없지요. 내게 공부는 성적표에 높은 등수를 찍어 어머니를 기쁘게 만드는 수단일 뿐이었습니다. 괴로움을 참아가며 좋은 성적을 받아서 어머니를 기쁘게 해드리는 과정을 다람쥐 쳇바퀴 돌듯 초등학교부터 고등학교까지 반복했습니다.

의과대학에서의 공부는 그야말로 숨이 막혔습니다. 이번에는 공부의 이유가 어머니를 기쁘게 하는 일에서 낙제를 면하는 일로 바뀌었을 뿐이었습니다. 관심도 안 생기는 의대 공부를 하려니 죽을 맛이었지요. 시험은 왜 그리 잦은지 고개만 돌리면 시험이 기다리고 있었습니다. 낙제에 대한 공포가 대단했습니다. 사력을 다해 겨우 시험을 턱걸이로 넘기고 또 넘겼지요. 그러다 보니 공부에 재미와 흥미를 느낄 겨를조차 없었습니다.

고등학교까지는 어머니를 위해서, 대학교에서는 시험에 통과하기 위해서 공부한 셈입니다. 그래서인지 나는 한 번도 공부에 재미를 느끼지 못했습니다. 지금 아이들도 나보다 더하면 더했지, 덜하지는 않을 것입니다. 예나 지금이나 학교 공부는 재미가 없습니다. 이걸 재미있게 만드는 사람이 나오면 노벨상이라도 주어야 할 것 같습니다.

공부란 모르던 것을 알아가는 과정입니다. 그런데 여기서 중요한 것은 '내가 정말 궁금해하고 알고 싶어 하는' 것에서 공부가 시작된다는 점입니다. 스스로 궁금해하지 않고 알고 싶지 않은 것은 공부의 대상이 될 수 없습니다. 호기심 자체가 생기지 않기 때문입니다. 그래서 호기심은 공부라는 동네의 문을 여는 '열려라, 참깨!' 주문과 같습니다. 호기심이 없는 공부는 이미 본질을 절반 이상 잃은 공부입니다.

✦ 호기심에서 출발하는 '진짜 공부' ✦

매년 네팔에 의료봉사를 다닌 지 30년이 되어갑니다. 그동안 네팔의 오지, 마을을 다니면서 네팔의 문화를 조금씩 알아갔습니다. 무척 흥미롭고 유익했지요. 그러면서 자연스럽게 인류 문화를 조금 더 체계적으로 알고 싶다는 생각이 들었습니다. 그러던 차에 우연히 집 근처를 지나다가 사이버대학교 학생을 모집한다는 광고를 보게 되었습니다. 고려사이버대학교 문화인류학과에 일흔넷에 입학하게 된 것은 이러한 인연이 계기가 되었습니다.

평소 늘 궁금해하던 걸 깨우치게 해주는 공부를 시작하니 이전에 억지로 하던 공부와는 차원이 달랐습니다. 재미있어

도 너무 재미있었습니다. 얼마나 수업이 재미있던지 똑같은 수업을 일주일에 두 번씩 들었습니다. 온라인 강의라 가능한 일이었습니다. 같은 수업을 한 번 더 듣는 것마저 재미있더군요. 2년이 그야말로 쏜살처럼 흘렀습니다. 졸업할 때는 성적이 좋아 최우수상까지 받았습니다. 학창 시절처럼 성적을 위해 공부한 것도 아닌데 내용에 푹 빠져 공부하다 보니 좋은 성적이 저절로 따른 겁니다.

일흔여섯에 고려사이버대학교를 졸업하면서 처음으로 공부를 했다는 실감이 났습니다. 공부가 이렇게 재미있을 수 있다는 것도 그때 처음 알았지요. 어머니나 시험 때문이 아니라 내가 궁금해하던 걸 공부한 것이 재미의 원천이었습니다. 나의 호기심이 이유가 되니 비로소 제대로 된 공부를 할 수 있었던 것입니다.

그제야 깨달았습니다. 시애틀에 사는 친구가 50년이 지난 지금까지 오래전에 배운 내용을 어떻게 기억하고 있었는지 말입니다. 호기심을 원동력 삼은 공부는 잊히지 않습니다. 기억은 세월과 무관합니다. 오히려 흥미와 관련이 있지요. 친구가 천재라서 다 기억한 것이 아니었습니다.

공부는 호기심을 충족시키는 과정입니다. 그러니 아이들에게 공부하라는 말을 할 것이 아니라 호기심을 북돋아주려고 노력해야 합니다. 관심과 궁금증이 생기면 하지 말라고 말려도 끝까지 알아내려고 노력할 테니까요. 이를 잘 알고 활용하는 부모는 힘쓰지 않고 아이를 공부의 길로 이끌 수 있습니다.

✦ 학교 공부만이 전부라고 생각하는 부모에게 ✦

모든 아이가 책상 앞에 앉아 하는 공부에 호기심을 가지지는 않습니다. 어떤 아이는 운동에, 또 어떤 아이는 만화에, 또 어떤 아이는 요리에 호기심을 보이지요. 그리고 그와 관련된 이야기를 부모에게 하고 싶어 합니다. 그런데 이때 부모가 "딴소리 말고 공부나 해", "뭐 그런 걸 좋아하니, 시간 아깝게"라며 아이의 관심을 무시한다면 어떨까요.

호기심의 싹이 짓밟힌 아이는 본인이 원하는 것을 추구하는 데 죄책감을 느끼게 될 것입니다. 그리고 점차 부모가 시키는 일에 매달리게 되겠지요. 그때부터 괴로운 '가짜 공부' 인생이 시작됩니다. 나의 공부가 사라지고 그 자리에 남의 공부가 들어앉는 것입니다. 그러니 호기심을 꺾는 행위는 결국 아이에게 '네 공부는 하지 마'라고 강요하는 것과 다를 바 없습니다.

호기심이 사라졌다는 것은 시력을 잃은 상태에서 안경을 쓰는 일과 같습니다. 볼 수 있어야 안경을 쓰는 의미가 있듯, 호기심이 있어야 공부할 힘이 생깁니다. 아이의 호기심을 살리는 방법은 의외로 간단합니다. 부모가 아이의 말을 귀담아 듣겠다고 마음먹는 순간부터 살아나기 시작합니다. 내가 어떤 말을 해도 부모가 관심을 가지고 귀 기울인다는 느낌을 받으면 아이는 자유롭게 자신이 원하는 것을 찾기 시작합니다. 그것이 발전하면서 아이만의 세계가 깊어집니다.

아이들은 좋아하는 것이 생기면 그걸 어떻게든 표현하려고 애씁니다. 자신의 호기심을 부모에게 자랑스럽게 드러내는 셈입니다. 혹시 나는 지금 아이의 말을 듣지 않기로 작정한 것은 아닌가 생각해보세요. 어쩌면 아이의 흥미와 아무런 상관 없는 부모만의 계획을 세우고 있을지도 모르니까요.

자녀 교육에도
철학이 필요합니다

☽ ✦ ☾

영국에서 한 교사가 잘못을 저지른 학생에게 무엇을 잘못 했는지 설명하고 회초리로 손바닥을 몇 차례 때렸습니다. 매 맞은 학생의 엄마는 사법기관에 교사를 폭력 행위로 고소했 습니다. 이것이 사회 문제가 되면서 찬반 논란이 거세졌는데, 논란의 주제는 '학생 교육에 체벌이 필요한가, 필요하지 않은 가'였습니다.

나는 당시 신문에서 이 일화를 보고 영국은 참 이상한 나라 라고 생각했습니다. 왜냐하면 그때는 학생이 잘못하면 당연 히 체벌을 받는다고 생각했기 때문입니다. 체벌을 이유로 문 제를 제기하는 학부모도 없었지요. 심지어 사법기관에 선생님을 고발하다니, 상상도 못 할 일이었습니다. 그 기사를 확인했을 때만 해도 아직 우리나라에서는 체벌이 성행하던 때라 그런 것을 문제 삼는 것이 오히려 이상하다고 생각했던 것 같습니다.

그런데 이 문제를 다루는 영국 사회의 태도가 인상 깊었습니다. 우리나라였다면 고소 이후 재판에 넘겨져 잘잘못을 가리는 것으로 끝났겠지요. 하지만 영국에서는 청문회를 열어 관련자들의 의견을 무려 1년 동안이나 수집했습니다. 교육 전문가도 있었고 학부모 모임도 있었으며 사건과 전혀 관계없는 이들도 참여했습니다.

이들은 모두 체벌에 대한 자신들의 의견을 자유롭게 토론했습니다. 한 가지 이슈를 두고 전문가와 일반인 등 많은 사람이 찬반을 갈라 이토록 심도 있게 토론하고 결정한다는 자체가 신기하면서도 부러웠습니다. 결국 이 토론은 재판의 결정적 자료가 되었고, 마지막에 판사가 내린 판결문은 다음과 같았습니다.

"학생 교육에 체벌은 필요하다. 단, 체벌은 교육적이어야 한다."

나는 당시 이 판결에 일말의 의심도 없었습니다. 그런데 한가지, 이해하기 힘들었던 것이 있습니다. 체벌의 단서에 '교육적이어야 한다'라고 표현한 대목입니다. 체벌 자체가 교육적인 것인데 왜 굳이 단서를 붙여서 '교육적이어야 한다'라고 했을까요. 그 의문은 기사를 끝까지 읽고 나서야 해소되었습니다.

교육적이라는 말은 체벌하는 방법 또한 교육적이어야 한다는 뜻입니다. 이유 있는 체벌이라고 해도 모든 방식을 허용하지는 않겠다는 겁니다. 우리나라에서는 그때만 해도 폭력에 가까운 체벌이 많았는데, 체벌과 폭력의 경계를 이렇게 명확하게 긋다니, 당시로서는 참신한 판결이었습니다.

이 교사는 결국 징역형을 선고받았습니다. 재판부는 왜 이 교사의 체벌이 교육적이지 않다고 판단한 걸까요? 해당 교사가 체벌할 때 사용한 회초리가 교육적으로 적절하지 않았다는 겁니다. 그때 나는 교육 문제를 다루는 영국 사회의 진지한 모습에 감탄했습니다.

학교 체벌이 금지된 지금, 이렇게 지나간 일화를 소개하는 이유는 지금의 부모들이 그때의 나처럼 교육적 체벌을 잘 이해하지 못하는 경우도 더러 있어서입니다.

4장 큰소리치지 않고 아이를 키우고 싶다면

✦ 교육자가 아닌 '교육적'인 부모가 되어주세요 ✦

교육자, 즉 교사는 자기가 맡은 과목을 충실히 공부해서 학생에게 전달하는 사람입니다. 학생이 그것을 이해하고 숙지해서 지적 성장을 이룬다면 교사의 임무는 다했다고 볼 수 있습니다.

부모는 어떨까요? 물론 아이를 가르친다는 점에서 부모 또한 넓은 의미의 교육자임에 틀림이 없습니다. 학교를 보내기 이전까지 가정에서는 소위 가정교육이라는 것을 통해 자녀를 교육합니다. 이 시기, 부모는 환경을 제공하면서 습관이나 인성, 도덕성이 아이에게 스며들게 합니다. 부모는 아이의 지적 성장을 도모하기 이전에, 아이 삶의 큰 방향을 정하게 되지요.

그러나 이 사실을 알고 있음에도 실제로 부모들이 하는 교육을 보면 족집게 학원 강사가 지식을 전수해주는 것과 같습니다. 아이가 아직 잘 걷지도 못할 때부터 영어 유치원을 알아본다거나, 수학을 가르치려는 부모들이 있습니다. 방송에서 워낙 화제가 되어 알게 된 한 드라마에 나오는 입시 코디네이터와 다를 바 없는 모습이지요. 교육적인 바탕부터 경험해야 할 아이가 그 경험을 제대로 쌓기도 전에 교육자에게 맡겨지는 겁니다.

　심지어 이런 부모는 자녀에게 지식을 주입하는 데도 실패할 확률이 높습니다. 귀가 얇아 새로운 정보에 쉽게 편승하기 때문입니다. 이들은 요즘 무엇이 유행한다 싶으면 이전에 했던 방식을 접고 새로운 방식에 도전합니다. 어느 날은 영어 회화를 공부했다가 바로 다음 날 문법을 공부하고, 또 그다음 에는 문제집만 풀고…. 진득하게 기초를 쌓는 시간을 주지 않으니 당연히 아이의 능력이 향상될 리 없지요.

✦ 안정적이고 자존감 높은 아이로 기르려면 ✦

　요즘처럼 정보가 넘쳐나는 세상에서 흔들리지 않고 아이를 키워내려면 부모만의 생각, 즉 철학이 있어야 합니다. 아이를 키우는 데 거창하게 철학까지 필요한 일인가 싶을 겁니다. 그러나 철학은 대단한 게 아닙니다. 일관성을 바탕으로 한 자기 주관을 말합니다.

　지금 아이를 기르면서 가장 중요시하는 게 무엇입니까? 아이에게 진심으로 물려주고자 하는 것은 무엇입니까? 대답이 무엇이든 그것이 당신의 교육 철학입니다. 물론 '지혜로운 아이로 키우기', '건강한 아이로 키우기', '성공한 아이로 키우기' 같은 답도 있을 겁니다. 처음에는 중요시하는 게 달라지기도 하지만 원칙을 세웠다면 아이가 혼란스럽지 않도록 흔들리지 않고 솔선수범하는 게 교육 철학입니다.

교육 철학이 확고한 부모는 아이에게 불안감을 주지 않습니다. 아이는 일관된 부모의 행동을 통해 무엇이 잘못이고 무엇을 해서는 안 되는지 차차 이해합니다. 아이는 원칙을 지키는 부모를 신뢰하게 되고, 부모에 대한 신뢰는 결국 타인에 대한 신뢰, 그리고 내가 살아가는 세상에 대한 신뢰로 확장됩니다. 이런 아이들은 안정감을 가지고 또래 관계도 원만히 맺으면서 긍정적으로 살아가게 됩니다.

반대로 매번 흔들리는 부모는 아이를 불안하게 만듭니다. 같은 행동을 했는데 부모가 어떤 날은 혼내고 어떤 날은 그냥 넘어간다면 아이가 부모를 신뢰할 수 없겠지요. 이런 아이는 갈팡질팡하게 되고 안정감을 갖기 어렵습니다.

내가 진료실에 아이들을 데리고 출근했을 때, 주변에서 말리는 사람이 많았습니다. 심리적으로 힘든 상황에 있는 환자들이 가득한 곳에서 아이들이 무엇을 보고 배우겠냐는 겁니다. 하지만 나는 흔들리지 않았습니다. 떳떳하지 못한 일을 하는 것도 아닌데 아버지의 일터를 아이들이 보는 것이 무슨 잘못이냐는 생각이었습니다. 내 태도가 당당하니 아이들도 낯선 사람을 긍정적으로 인식하며 지낼 수 있었습니다.

만약 그때 '사람들 말이 맞아. 혹시 우리 아이들이 당황스러운 상황에 놓이면 어쩌지?', '나 때문에 아이들에게 문제가 생기진 않을까?' 하고 걱정했다면 아이들도 그런 아버지를 눈치채고 불안해졌겠지요. 하지만 나는 내 일에 대한 믿음이 있었고, 이것이 아이들에게도 통했습니다.

아이를 사랑하는 데도 단호한 원칙이 필요합니다. 방향을 결정하는 것은 바람이 아니라 돛입니다. 교육 철학이라는 돛만 가지고 있다면 어떤 바람이 불어도 무사히 항해할 수 있을 겁니다.

'돈' 공부가
중요합니다

◗ ✦ ◖

　나는 돈을 가지고 있으면 불안합니다. 평생 돈을 어떻게 써야 할지 배운 적이 없어서이지요. 고등학교를 졸업할 때까지 나는 돈을 만져본 적이 없습니다. 아이에게 돈을 알게 하면 못쓴다고 여긴 부모님의 영향 때문이지요. 초등학교 때 학용품이 필요하면 돈을 받아 학용품을 사는 것이 보통이었지만, 어머니는 필요한 학용품을 미리 사두었다가 건네주었습니다. 그래서 어릴 때는 돈을 주고 물건을 사는 기본적인 개념도 모른 채 학교에 다녔습니다. 세뱃돈을 받아도 혼자 쓸 생각도 하지 못한 채 그대로 어머니에게 드렸지요.

　중고등학교에 올라가 학교 월사금을 낼 때도 돈 구경도 하

4장 큰소리치지 않고 아이를 키우고 싶다면

지 못한 채 봉투만 학교에 냈습니다. 아버지가 미리 새 돈으로 바꾸어 봉투째 주며 학교에 갖다 내라 했기 때문입니다. 학창 시절에 돈 쓰는 법은커녕 돈 구경도 해보지 못한 나는 돈에 대해서는 무지한 채로 대학에 진학했습니다. 학비는 여전히 부모님이 맡아서 처리했기에 대학에 와서도 돈에 대해 알 길이 없었습니다.

처음으로 돈을 만져본 것은 교재를 필사하면서였습니다. 당시에는 인쇄 기술이 지금처럼 발달하지 못해 교재가 따로 없었습니다. 교재는 교수만 가지고 있었기 때문에 누군가 교재를 필사해 등사지에 인쇄해야 했습니다. 필사하는 사람에게는 돈을 주었는데 그 액수가 상당해서 한 학기 등록금에 해당할 정도였습니다.

그러자 필사하려는 후배들이 여러 명 생겼습니다. 돈을 아는 사람 같으면 혼자 필사하고 돈을 챙겼겠지만 나는 아무 생각 없이 일거리를 후배들에게 나누어주었습니다. 교수들은 그런 나를 돈 욕심이 없고 후배를 잘 챙기는 훌륭한 학생이라고 칭찬했지만, 실은 돈을 몰랐기 때문에 가능한 일이었지요. 레지던트 시절에는 돈을 받지 못했습니다. 당시 관행이었어요. 그러다 보니 의과대학을 마칠 때까지도 나는 돈을 어떻게 벌고 쓰는지 알지 못했습니다.

다행히 나보다 돈에 밝은 아내를 만나 우리 아이들은 나처럼 돈에 대해 무지하지는 않게 되었습니다. 나의 경험과 아내의 교육을 찬찬히 대조해보니 돈에 대한 개념을 어린 시절부터 알려주는 것이 아이들에게 훨씬 도움이 되더군요.

✦ 돈에 대한 부모 생각부터 돌아보아야 한다 ✦

부모님이 내게 돈을 만지지도 못하게 한 것은 돈을 부정적으로 생각했기 때문입니다. 그도 그럴 것이 당시는 돈을 밝히는 건 천한 짓이라고 여기던 때였습니다. 그래서 아예 가까이하지도 못하게 한 것이지요. 부모님에게 공부는 귀한 것이지만 돈은 천한 것이었습니다. 쌀이 떨어져도 너는 걱정하지 말고 공부만 하라고 한 어머니의 말씀은 이를 잘 보여주지요.

요즘 젊은 사람들 사이에 '영끌'이라는 재미있는 말이 있더군요. "영혼까지 끌어모아 투자한다"라는 뜻이라는데 돈을 훨씬 현실적이고 솔직하게 대하는 듯합니다. 한편, 돈 걱정을 하면서도 여전히 자녀에게는 돈은 나중에 알아도 된다고 가르치는 부모도 있는 듯합니다. 부모가 이렇게 이중적 태도를 취하면 아이들은 혼란에 빠집니다. 돈을 중시하지만 언급하기는 꺼리니 돈에 대해 올바로 이해할 길이 없습니다.

돈은 좋은 것도 나쁜 것도 아닙니다. 그저 필요한 것이지요. 필요한 돈을 어떻게 쓰느냐에 따라 돈은 좋게도 쓰이고 나쁘게도 쓰인다는 것을 가르쳐주어야 합니다. 너무 일찍 돈을 알면 안 된다는 생각은 요즘 세상과는 맞지 않는 듯 보입니다. 돈을 모른 채 자라면 나처럼 나이가 들어서도 돈을 어찌해야 할지 모르는 사람이 되기 쉽습니다.

내 경험으로 미루어 볼 때 자녀에게 돈에 대해 알려주기 전, 부모 자신이 돈의 가치를 어떻게 생각하는지부터 돌아보아야 합니다. 혹시 돈에 너무 낮은 가치를 부여하고 있지는 않은지, 반대로 너무 높은 가치를 부여하고 있는 건 아닌지 먼저 알아야 합니다. 아이는 부모가 지닌 태도를 고스란히 흡수하니 부모가 먼저 가치관을 올바로 세워야 하지요.

어릴 때부터 차근차근 돈 벌 기회와 돈 쓸 기회를 주는 것도 괜찮은 듯합니다. 놀이동산에 가서 일정 금액을 주고 써보게 하면 돈이 어떻게 쓰이고 흘러가는지 이해하게 됩니다. 아이가 조금 자라면 동네에서 열리는 벼룩시장에 가는 것도 경험이 되겠지요. 아이가 돈 버는 방법을 체험할 수 있으니까요. 아이와 함께 내놓을 물건 가격을 정한 뒤 벌어들일 돈을 예상하고, 수입을 어떻게 사용할 것인지 의논하는 것은 돈의 흐름을 이해하는 흥미로운 활동이 될 겁니다.

현대의 자본시장을 쥐고 흔드는 이들 중에서 유독 유대인이 많은 까닭은 부모가 어린 시절부터 돈 교육을 확실히 하기 때문입니다. 유대인 부모는 자녀에게 텅 빈 지갑보다 무서운 것은 없다는 말로 돈을 벌어야 함을 직설적으로 알려줍니다. 가난해도 정직한 사람이 낫다는 말은 아예 하지도 않습니다. 동시에 돈을 벌 때는 반드시 정직해야 하고 적정선을 넘어서는 안 된다는 원칙을 분명하게 가르쳐줍니다. 이런 부모의 가르침을 받고 자란 유대인들은 청렴한 마음으로 돈을 열심히 벌고, 정직하게 쓰려고 애쓰는 삶을 삽니다. 우리도 이런 유대인 부모들의 교육법을 배울 필요가 있습니다.

✦ 아이의 특성에 맞춘 경제 교육 ✦

돈이 있으면 불안해하는 나와 달리 아내는 경제 개념이 잡힌 사람이었습니다. 아이들이 어릴 때부터 용돈을 주는 아내만의 방법이 있었습니다. 만 원을 준다고 하면, 만 원짜리 지폐 한 장을 주는 것이 아니라, 은행에서 십 원짜리 동전부터 천 원짜리 지폐까지 섞어 만 원을 만든 다음 봉투에 담아 아이들에게 똑같이 나누어주었습니다. 물론 이렇게 한 데에는 아내 나름의 이유가 있었지요. 부모에게 용돈으로

백 달러처럼 큰돈을 받은 아이는 어른이 되어서도 큰돈 쓰는 걸 아까워하지 않는다는 미국의 연구 결과를 염두에 둔 것이었습니다.

재미있는 것은 똑같은 용돈을 받았음에도 아이마다 돈을 쓰는 특성이 모두 달랐다는 겁니다. 알뜰살뜰 아끼는 아이가 있는가 하면 턱턱 쓰는 아이도 있었습니다. 돈 쓰는 걸 좋아하는 아이는 늘 용돈이 부족하다고 불만이었지만, 아끼는 아이는 용돈이 남았습니다.

이런 이유로 똑같은 경제 교육을 하더라도 아이의 특성에 따라 내용과 방법을 바꿔서 접근해야 합니다. 아내는 돈 쓰는 걸 아까워하고 용돈을 차곡차곡 저금하던 아이에게는 아껴 쓰라는 말을 하기보다 잘 쓰는 법에 대해 말해주었습니다. 반대로 돈을 아끼지 않고 펑펑 쓰는 아이에게는 규모에 맞는 소비 습관을 들이고 유사시에 대비하도록 경제 교육을 시켰지요. 신기하게도 아이들은 성장한 후에도 돈을 쓰는 패턴이 달라지지 않았습니다. 역시 아내가 옳았습니다.

아이에게 경제 교육을 하는 목적은 돈에 대해 균형 있는 개념을 심어주기 위해서입니다. 어린 시절 적절하게 돈을 쓰는 교육을 받지 못하면 아이는 평생 지혜롭게 돈을 다루는 법을 배울 수 없습니다. 돈도 어느 날 갑자기 버는 법과 쓰는 법을

터득하게 되는 게 아닙니다. 차근차근 배워서 익히는 습관이
지요.

자녀가 돈을 아는 것은 부끄러운 일이 아니라 오히려 자랑
스러워할 일입니다. 숨기지 말고 돈에 대해 솔직하게 대화하
세요. 신체적, 정서적 발달과 함께 경제적 발달도 발을 맞춰
주어야 자본주의 사회에서 돈에 흔들리지 않고 당당하게 살
아갈 수 있습니다.

육아의 목적은
아이의 홀로서기입니다

☽ ✦ ☾

언젠가 아이를 독립시켜야 함을 모르는 부모는 없습니다. 그러나 우리나라 부모들은 아이와 워낙 끈끈하게 정서적으로 연결되어 있다 보니 머리로는 독립시켜야 한다고 생각해도 좀처럼 실행하지 못합니다. 독립을 생각하다가도 하나나 둘뿐인 귀한 아이들을 보면 쉽사리 마음이 나지 않지요. 원래 부모 눈에는 노년의 자식도 어린애로만 보이는 법이니까요.

혼자 사는 자유가 달콤해 보이지만 자녀에게도 독립은 만만치 않은 도전입니다. 마음만 먹는다고 저절로 되는 것이 아니지요. 일단 집값과 생활비를 감당해야 하지요. 아파도 곁에서 보살펴주는 이는 아무도 없습니다. 먹는 것부터 자는 것까지,

하루하루 자기 생활을 유지하기 위한 소소한 일들을 해결하고 책임져야 합니다.

스무 살 성인이 되어 대학에 다닐 때도 학비와 생활비는 부모가 감당합니다. 무사히 졸업하여 직장인이 되어도 쉽사리 부모 곁을 떠나지 않습니다. 결혼할 때가 되면 혼수, 예식 비용은 물론이고 집 마련까지 부모가 도맡아서 해주지요. 결혼을 시킨 뒤에야 비로소 '아이를 독립시켰다'라고들 표현하지만, 가정사가 생기면 손 벌리러 오는 자식도 더러 있으니 독립은 쉽사리 되지 않지요.

그러다 보니 독립 시도를 조금 해보다가도 다시 부모 품으로 돌아오고 싶어집니다. 상처 입은 짐승이 따뜻한 곳에 찾아들어 웅크리듯, 마냥 품어주고 보듬어주던 부모의 품이 그리워지는 것이지요. 잠시라도 더 자식을 품 안에 두고 싶어 하는 부모의 마음, 부모 곁에서 고생하지 않고 지내려는 자식의 마음이 합해져 자녀의 독립은 자꾸 뒤로 밀립니다.

아이를 독립시켜야 하는 첫 번째 이유는 아이를 위해서이지만, 두 번째 이유는 부모를 위해서입니다. 부모도 나이를 먹습니다. 아이가 자랄수록 부모의 기력은 점점 쇠하고 경제적인 자원도 줄어들지요. 병이 들고 아플 수도 있습니다. 자녀를 돌보느라 노후를 준비하지 못한 부모에게 드는 비용은 자녀에게 돌아오는 부메랑입니다. 자식에게도 부모에게도 모두 불행한 결말이지요.

✦ 자녀를 진정으로 사랑한다면 때론 단호하게 ✦

아이와 어른의 가장 큰 차이점은 자립입니다. 사회에서 아무리 훌륭한 업적을 쌓았더라도 스스로 설 수 없어 부모에게 의존한다면 그 사람은 성숙한 존재라고 할 수 없지요. 그러므로 온전한 존재로 살아가기 위해 독립은 꼭 거쳐야 하는 과정입니다.

내가 독립적으로 살 때, 사는 것이 즐거워지고 행복해집니다. 그런데 이 독립도 연습이 필요합니다. 불안해도 자꾸 부딪히면서 단계적으로 멀어지면서 독립심은 서서히 뿌리내립니다. 자녀를 독립시키려 할 때 필요한 것은 단호한 사랑입니다. 단호하다는 말은 냉혹하다는 말과 다릅니다. 단호함은 합리성을 품은 차가움이지만 냉혹은 독기를 품은 차가움입니다. 아이에게는 연약하지 않은, 합리적 이성을 품은 사랑이 필요합니다.

단호한 사랑은 불현듯 아이에게 독립을 요구하지 않습니다. 오랫동안 단계적으로 차근차근 독립하도록 아이를 이끔

니다. 무작정 독립부터 시키자고 아무런 준비가 되어 있지 않은 아이에게 독립을 요구해서는 안 됩니다. 어떻게 독립시키느냐에 따라 부모와의 관계가 돈독해지기도 하고, 원한을 품는 사이가 되기도 합니다.

신호등도 노란불이 경고등으로 들어온 후 빨간불이 들어오고, 축구 경기에서도 노란 경고장을 준 후 빨간 퇴장 명령을 내립니다. 아이에게도 준비의 시간이 필요합니다. 어느 날 느닷없이 독립하라 몰아세우는 건 금물입니다.

✦ 자녀를 독립의 길로 이끌고 싶다면 ✦

아이의 진정한 독립은 경제적인 것과 비경제적인 것이 모두 이루어질 때 완성됩니다. 어느 하나만의 독립은 반쪽짜리 독립에 불과합니다.

경제적으로 독립한 자녀는 부모 집을 나가 자신의 공간을 마련합니다. 실제로 떨어져 살면서 거리가 멀어지지요. 몸이 기둥에 묶여 있는데 마음이 자유로울 수 없듯, 부모에게 경제적으로 묶여 있으면서 정서적으로 자유로울 수는 없습니다. 부모에게 묶인 경제적 의존의 끈을 풀 때 정서적으로도 쉽게 자유로워집니다.

정서적 독립을 어렵게 생각할 필요는 없습니다. 부모 자식 관계가 상하 수직관계에서 벗어나 평등 관계로 전환되는 것이 정서적 독립입니다. 지금까지는 위에서 내려다보며 아이를 이끌어주던 부모가 이제 자식을 본인과 같은 어른으로 대합니다. 늘 부모님의 보호만 받던 자녀가 자라나 때로는 부모님을 보호하기도 하고, 부모님과 대등한 입장에서 이야기를 나누기도 합니다. 이렇게 어른 대 어른으로 애정을 교류하는 관계가 되면 정서적 독립을 이룬 것입니다.

아이의 독립에 단계가 필요하듯, 부모의 떠나보냄에도 단계가 필요합니다. 아이가 사춘기에 이르며 성장할 때 한 번, 성인이 되어 어른의 문턱을 넘을 때 한 번, 결혼하며 자기만의 둥지를 만들 때 한 번. 이렇게 세 번에 나누어 아이를 떠나보냅시다. 그리고 늘 아이와 너무 가깝지도, 너무 멀지도 않은 적정한 거리를 두려고 노력해보세요.

아무리 잘 떠나보냈더라도 아이가 부모 품을 떠난 그 자체가 서글프다는 부모가 많습니다. 하지만 이만큼 나이를 먹어 손주까지 여럿 본 나는, 자식들이 성숙한 어른이 되어 나의 친구가 되어준 것이 얼마나 기쁜지 모릅니다. 나는 나와 닮은 이 친구들과 서로 의견을 나누고 기쁨과 슬픔을 나눕니다. 다 큰 자식은 긴 세월을 뛰어넘어 노년기에 다다라 마침내 만나게 된 좋은 친구입니다.

　홀로서기 할 수 있도록 떠나보내는 그 순간, 자녀는 자기만의 삶을 살아갈 수 있습니다.

아들이
아버지가 되기까지

나는 인생을 살아오는 데 나름 운이 좋은 사람이었다고 생각합니다. 필연보다도 우연으로 이루어지는 일이 삶에 큰 영향을 미친다고 생각하는 나에게, '운이 좋다'라는 말은 좋은 우연이 내게 많았다는 뜻입니다.

'어떤 부모를 만나느냐' 하는 것은 거의 전적으로 우연의 영역에 속합니다. 나는 운이 좋았고 좋은 부모를 만났습니다. 학대를 받거나 굶주리지도 않았지요. 물론 마음에 들지 않는 점도 있었지만 부모님이 갖고 있던 지적, 문화적 기반의 큰 혜택을 받았습니다. 이 책을 읽는 독자라면 어느 정도 동의하겠지요.

부모와 자녀의 관계는 여러 가지로 특수한 관계이기 때문에 부모가 자녀에 대해 이야기하든, 자녀가 부모에 대해 이야기하든 늘 객관적일 수는 없습니다. 이 글에서 아버지에 대해 이야기하는 나 역시 그런 면에서 자유로울 수는 없을 것입니다. 그래서 분석보다는 느낀 바를 써보려고 합니다.

이 책은 아이를 키우는 과정에 관한 아버지의 철학과 경험, 실천이 담긴 책입니다. 아들의 입장에서 보자면 어떤 글은 추억의 대상이기도 했습니다. '그런 일이 있었지' 하면서 기억을 떠올릴 수 있는 대목도 있었지요.

특히, 아버지가 근무하고 있던 정신과 병동에 동생들과 나를 데리고 가서 놀게 했던 일에 대한 글을 읽으면서 여러 생각이 들었습니다. 사람은 더불어 살아야 한다는 아버지의 교육 철학이 반영된 실천의 결과였다는 것을 그 글을 읽으면서 깨달았습니다. 지금까지는 바쁜 부모님이 아이들을 맡길 곳이 마땅치 않아서 병원에 데리고 갔다고 단순하게 생각했었지요.

그때의 기억을 떠올려보자면, 그곳은 무척 낯설고 불편한 공간이었습니다. 혹시나 동생들에게 해코지하는 환자는 없는지 살피느라 나 자신을 걱정할 틈이나 여유가 거의 없었습니다. 다행히 별일 없었지만, 늘 긴장 속에서 보냈지요. 아버지의 의도와 같이 그곳에서 더불어 사는 삶에 대해 깨닫거나 사회성이 늘었다고는 말할 수 없을 것 같습니다. 하지만 그곳에서의 생활은 분명 다른 방향으로 내 인생에 큰 영향을 미쳤습니다.

당시 아버지는 정신과 병동에서 사이코드라마를 진행하고 있었습니다. 자연스럽게 극작가, 배우, 연출가들이 그곳을 드나들었지요. 극작가 오영진, 이강백 선생님을 거기서 만났습니다. 그들은 어린 나에게 문학과 삶에 대한 이야기를 많이 들려주었습니다. 자신들이 쓴 글을 보여주기도 했지요.

당시의 나는 당연히 그들의 말과 글을 잘 이해하지 못했지만, 그 경험은 내 삶에 문학이 들어온 계기가 되었습니다. 한동안 극작가가 되겠다는 꿈을 꾸면서 살았지요. 내 인생의 첫 번째 지적 도약이 그때 일어났다고 생각할 정도입니다. 아버지의 의도와는 달랐지만 나는 아주 좋은 영향을 받았습니다. 결과적으로 아버지가 지닌 교육 철학의 덕을 크게 본 셈입니다.

나는 독립적인 아들이었습니다. 그럴 수 있었던 가장 큰 이유로 늘 바빴던 부모님의 사회생활을 꼽아왔습니다. 바쁘다

보니 당연히 자녀들에게 신경을 쓸 시간이 부족했겠지요. 어쩔 수 없이 자녀들을 풀어놓을 수밖에 없었을 것입니다. 그렇게 생긴 틈새 속에서 동생들과 나는 자유와 자율을 향유할 수 있었습니다.

그런데 아버지의 글을 읽으면서 이뿐만은 아니었다는 생각이 들었습니다. 부모님은 그런 상황 속에서도 끊임없이 좋은 부모가 되기 위해 노력했다는 사실을 뒤늦게나마 깨닫게 되었습니다. 그런 태도와 노력이 없었다면 아무리 훌륭한 교육 철학을 지녔다고 하더라도 동생들과 내게 그런 마음이 전해졌을 리 없지요.

부모와 자녀 관계의 기본은 서로 독립성을 유지하는 것이라고 생각합니다. 아버지도 이 책의 여러 지면을 할애하여 독립에 대해 이야기하고 있습니다. 알고는 있었지만, 그런 태도를 계속 견지해 오셨다는 데 안도하기도 하고 존경하는 마음이 생기기도 했지요.

내 일생의 가장 중요한 순간마다 선택과 결정을 하는 주체는 항상 나였습니다. 그 과정에서 내 선택을 늘 존중하고 응원해준 부모님께 감사한 마음입니다. 이 책을 읽으면서 아버지와 비슷한 생각을 하고 있다는 사실이 너무 기뻤습니다. 나도 자녀들이 독립적인 사람이 되길 바라지요.

이 책에 나오는 모든 내용이 단번에 정립된 것은 아닐 것입니다. 아버지가 이 모든 것을 미리 다 알고 실천하면서 살았을 것이라고도 생각하지 않습니다. 이 책에 담긴 자녀 양육에 관한 통찰과 지혜는 아버지가 평생을 살면서 실천했던 경험을 성찰하며 다듬은 것이라고 생각합니다. 생각보다 더 많은 실패가 있었을 것이고, 그런 아버지의 고뇌도 엿볼 수 있어 좋았습니다. 이제는 그 과정을 함께 겪은 아들로서 다시 그 시절을 돌아보는 데 큰 도움이 되었습니다.

이 책에 담긴 내용 중 어떤 것은 아버지가 결코 실천하지 못한 채 희망의 영역에 놓아둔 것도 있을 것입니다. 그런 비전과 꿈을 아직 갖고 있다는 것은 아버지의 큰 자산이지요. 그만큼 더 건강한 마음을 계속 지닐 수 있을 것이기 때문입니다. 아버지의 경험과 바람, 꿈이 함께 담긴 책이니 여러분도 그런 점을 감안하고 자신의 형편에 맞게 이 책을 읽어가면 좋겠습니다.

이 책은 어쩌면 한 노인의 인생 넋두리로 끝날 수도 있었습니다. 아버지 개인의 경험에만 머물렀다면 말입니다. 아버지는 정신과 의사로서 자신마저 객관화해서 볼 수 있는 능력을 가졌기 때문에 자신의 개인적인 경험에 보편성을 부여할 수 있었습니다. 이 책에 나오는 내용이 한 정신과 의사가 풀어놓은 옛날이야기가 아니라 많은 사람이 공감할 수 있는 상식이 되었으면 좋겠습니다. 그러면 더 나은 세상이 오리라 확신합니다.

이명현(이근후 저자의 아들이자 천문학자)

아흔을 앞둔 노학자가 미처 하지 못했던 이야기들
당신은 괜찮은 부모입니다

초판 1쇄 인쇄 2021년 10월 29일
초판 2쇄 발행 2021년 11월 18일

지은이 이근후
펴낸이 김선식

경영총괄 김은영
기획 이여홍 **편집** 권예경 **책임마케터** 박태준
콘텐츠사업7팀장 이여홍 **콘텐츠사업7팀** 김단비, 권예경
마케팅본부장 이주화 **마케팅3팀** 이미진, 박태준, 배한진
미디어홍보본부장 정명찬 **홍보팀** 안지혜, 김민정, 이소영, 김은지, 박재연, 오수미, 이예주
뉴미디어팀 허지호, 임유나, 송희진 **리드카펫팀** 김선욱, 염아라, 김혜원, 이수인, 석찬미, 백지은
저작권팀 한승빈, 김재원 **편집관리팀** 조세현, 백설희
경영관리본부 하미선, 박상민, 윤이경, 김재경, 이소희, 이우철, 최완규, 이지우, 김혜진
외부스태프 글 정리 이서원, 김선경 **표지디자인** 최우영 **본문디자인** 박재원 **사진** 언스플래쉬

펴낸곳 다산북스 **출판등록** 2005년 12월 23일 제313-2005-00277호
주소 경기도 파주시 회동길 490 다산북스 파주사옥
전화 02-704-1724 **팩스** 02-703-2219 **이메일** dasanbooks@dasanbooks.com
홈페이지 www.dasanbooks.com **블로그** blog.naver.com/dasan_books
용지 IPP **인쇄·제본** 한영문화사 **코팅·후가공** 평창피앤지

ISBN 979-11-306-4165-2 (03810)

다산북스(DASANBOOKS)는 독자 여러분의 책에 관한 아이디어와 원고 투고를 기쁜 마음으로 기다리고 있습니다.
책 출간을 원하는 아이디어가 있으신 분은 다산북스 홈페이지 '원고투고'란으로 간단한 개요와 취지, 연락처 등을 보내주세요.
머뭇거리지 말고 문을 두드리세요.